Alexandre Dumas, *fils*
1824 - 1895

亞歷山大・小仲馬

原名「亞歷山大・仲馬」，法國小說家、劇作家。小仲馬為《基督山恩仇記》、《三劍客》作者大仲馬的私生子。大仲馬拋妻棄子，直到小仲馬七歲才肯承認他的身分，使得小仲馬自幼飽受歧視與譏笑。儘管如此，小仲馬仍然繼承了父親的寫作天賦。

一八四二年，十七歲小仲馬離開了寄宿學校，在巴黎開始接觸上層浮華生活，結識到巴黎當時著名的交際花瑪麗・迪普萊西。之後，兩人墜入情網，然而瑪麗無法脫離奢華享樂的上流社會，小仲馬因而與她斷絕往來。一八四七年，瑪麗因病過世，在悲痛萬分之下，小仲馬將他的情感回憶寫成小說《茶花女》，一出版便馬上轟動一時。

西元一八五二年，「茶花女」被改編為戲劇在歌劇院初演。小仲馬透過電報告知父親：「第一天上演盛況空前，人們都誤以為是您的作品登台了！」大仲馬則回電：「孩子，我最好的作品就是你。」《茶花女》哀婉動人的故事情節，緊湊明快的敘事張力，使得這部著作成為眾人愛戴的不朽名著。

西元一八七五年，小仲馬以高票當選為「法蘭西學院」院士代表，享有當時文壇最高榮譽。他的作品多推崇家庭與婚姻價值，被視為近代由「浪漫主義」轉到「寫實主義」的重要作家。具有生活感的社會背景，亦不失藝術價值。他著名的作品包括《茶花女》、《半上流社會》、《金錢問題》等。

李玉民

一九六三年畢業於北京大學西方語文學系，曾至法國里昂大學留學兩年，之後擔任首都師範大學教授。從事文學翻譯將近三十年，譯著超過六十本，總字數超過兩千萬，曾獲得「思源翻譯獎」、「傅雷翻譯出版獎」。在其翻譯的著作中，有半數作品是他首度引薦給華人讀者。主要譯作有雨果的《悲慘世界》、《巴黎聖母院》，大仲馬的《三劍客》、《基督山伯爵》，小仲馬的《茶花女》以及巴爾扎克的《幽谷百合》等作品。

La Dame aux Camélias

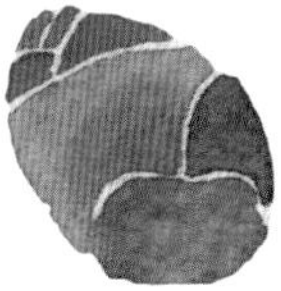

Alexandre Dumas *fils*

茶花女

亞歷山大 小仲馬——著

李玉民——譯

Golden Age 11

茶花女 La dame aux camélias

文學史上三大青春悲戀小說，小仲馬成名代表作

【獨家收錄《茶花女》文學沙龍特輯 | 法文直譯精裝版】

作　　者　亞歷山大・小仲馬 Alexandre Dumas
譯　　者　李玉民

社　　長　張瑩瑩
總 編 輯　蔡麗真
責任編輯　徐子涵
行銷企劃　林麗紅
封面設計　井十二設計研究室
內頁排版　洪素貞

出　　版　野人文化股份有限公司
發　　行　遠足文化事業股份有限公司
地址：231新北市新店區民權路108-2號9樓
電話：（02）2218-1417　傳真：（02）8667-1065
電子信箱：service@bookrep.com.tw
網址：www.bookrep.com.tw
郵撥帳號：19504465遠足文化事業股份有限公司
客服專線：0800-221-029

讀書共和國出版集團
社　　長　郭重興
發行人兼出版總監　曾大福
印　　務　黃禮賢、李孟儒
法律顧問　華洋法律事務所　蘇文生律師
印　　製　成陽印刷股份有限公司
初版首刷　2014年1月
二版首刷　2019年6月

國家圖書館出版品預行編目 (CIP) 資料

茶花女 : 文學史上三大青春悲戀小說 , 小仲馬成名代表作 / 亞歷山大 . 小仲馬 (Alexandre Dumas) 著 ; 李玉民譯 . -- 二版 . -- 新北市 : 野人文化出版 : 遠足文化發行 , 2019.06
　面 ;　公分 . -- (Golden age ; 11)
譯自 : La dame aux camelias
ISBN 978-986-384-352-8(精裝)

876.57　　108006539

茶花女

線上讀者回函專用 QR CODE，您的寶貴意見，將是我們進步的最大動力。

法國文壇
最柔美的山茶花

茶花女文學沙龍特輯

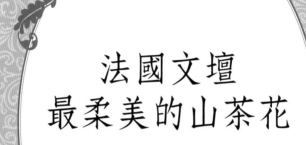

小仲馬文學祭壇上的聖女
——瑪麗・杜普萊希

法國作家亞歷山大・小仲馬以《茶花女》一書奠定文壇地位，這本書取材自他生命中最重要的女子——瑪麗・杜普萊希。一八四二年，小仲馬於十八歲時在結識了當時在上流社會紅極一時的交際花瑪麗・杜普萊希，並墜入愛河。然而瑪麗無法脫離繁華的巴黎交際界，小仲馬在多次表達不滿後，寄出了絕交信。一八四七年，瑪麗・杜普萊希因肺病去世，葬於蒙馬特公墓。一八九五年，小仲馬過世後同樣葬於蒙馬特公墓，距離瑪麗・杜普萊希之墓僅一百公尺。

亞歷山大・小仲馬

花女原型，瑪麗・杜普萊希，愛德華・維耶諾（Édouard Viénot）作。

瑪麗・杜普萊希水彩畫，卡米耶・羅克普朗（Camille Roqueplan）作

瑪麗・杜普萊希，尚・查爾斯・奧利維耶（Jean-Charles Olivier）作

瑪麗・杜普萊希之墓

亞歷山大・小仲馬之墓

大仲馬

法國文壇最耀眼的雙子星
——大小仲馬父子

小仲馬的父親為創作出《基度山恩仇錄》與《三劍客》的浪漫主義文豪大仲馬。大仲馬生性風流，小仲馬不過是他其中一名私生子。大仲馬在當紅時期，對小仲馬母子完全不聞不問，直到小仲馬七歲時，大仲馬才開始支付小仲馬的生活與教育費用，然而他自始至終都沒有給小仲馬的母親一個名分。

一八五二年，由《茶花女》改編而成的話劇在巴黎轟動上演，小仲馬向當時流亡在外的大仲馬發送電報：「第一天上演盛況空前，人們都誤以為是您的作品登台了！」而大仲馬則回電：「孩子，我最好的作品就是你。」

流芳至今的茶花女現象

茶花女自出版後，由於其曲折的劇情及浪漫的愛情情節，多次改編成各類藝術形式，包括歌劇、話劇、電影等，甚至連經典名牌Chanel也無法抗拒茶花女的影響力。

茶花女首次改編為歌劇是由威爾第（Giuseppe Fortunino Francesco Verdi）創作音樂，劇本則由皮亞威（Francesco Maria Piave）編寫。全劇由義大利文演出，劇中女主角名稱改為薇奧麗塔·瓦雷麗（Violetta Valery）。這齣歌劇的影響層面極廣，由妮可基嫚與伊旺麥奎格主演，得獎無數的歌舞電影《紅磨坊》便是以此版歌劇為底本改編，經典浪漫愛情喜劇《麻雀變鳳凰》也曾在電影中出現男女主角觀看《茶花女》歌劇的場景。

右／1853年茶花女歌劇，女主角的舞台服裝設計。
左／美國歌劇女高音格拉汀．法拉（Geraldine Farrar）於1917年飾演薇奧莉塔。

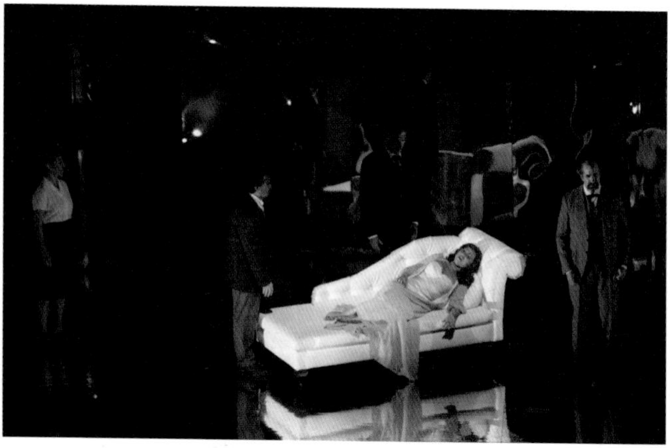

當代茶花女歌劇演出一景。(Quincena Musical@flickr)

慕夏（Alfons Mucha）著名的海報創作〈茶花女〉，以莎拉·伯恩哈特為模特兒。

LA·DAME·
AUX·CAMELIAS
SARAH BERNHARDT
Mucha
THEATRE DE LA
RENAISSANCE
IMP. F. CHAMPENOIS, PARIS

莎拉．伯恩哈特（Sarah Bernhardt）以飾演茶花女瑪格麗特聞名，她是法國舞台劇、電影明星，也是法國作家普魯斯特在《追憶似水年華》中一名女演員角色的原型。

可可．香奈兒（Coco Chanel）。名牌香奈兒（Chanel）的創辦人，她在看過莎拉演出的茶花女後，為之迷戀，並因此以山茶花作為Chanel的經典代表意象（Coco Chanel, 1935，Photo de Man Ray）。

右／1936年版《茶花女》男女主角劇照
左／1936年電影版《茶花女》（Camille），由傳奇瑞典女星葛麗泰．嘉寶（Gereta Garbo）主演，並獲得奧斯卡最佳女主角提名。男主角則是羅伯特．泰勒（Robert Taylor）

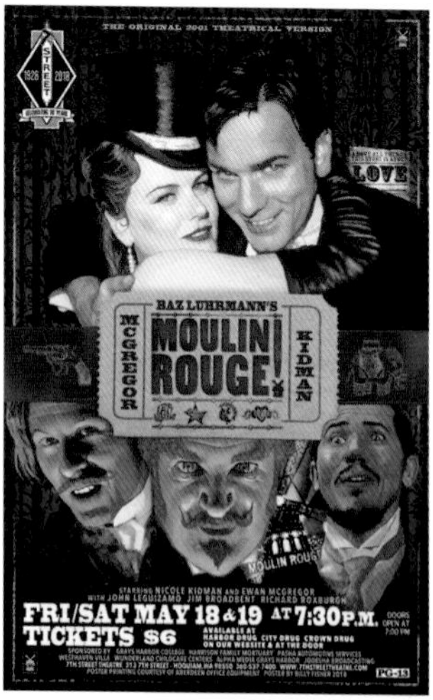

2001年電影《紅磨坊》（Moulin Rouge!），獲奧斯卡八項提名，以及金球獎最佳音樂與喜劇電影、最佳女主角、最佳原創音樂獎。(7th Street Theatre Hoquiam, WA@flicker，Design by B. Fisher)。

巴黎茶花女在新文化中國

《茶花女》於一八九五年由林紓翻譯並在中國出版，當時書名被譯為《巴黎茶花女遺事》。作為第一部被翻譯為中文的外文小說，才子佳人的故事跨越了東西方文化的隔閡，在當時的中國掀起相當大的狂熱，甚至連魯迅及周作人都是粉絲。

林紓本人絲毫不懂法文或其他外國語言，他的翻譯方式是由旁人口譯原典，再由他潤飾，雖然這種作法使他的譯作出現許多紕漏，但卻無損這些經他翻譯過的外文名著在中國廣泛傳播。

林紓

《巴黎茶花女遺事》曾被改編為話劇，並在日本演出，當時茶花女的扮演者(左)，就是後來的弘一法師李叔同。

李叔同的茶花女扮相。

目錄

茶花女文學沙龍特輯

名家推薦

世上最偉大的愛情故事之一。

——亨利・詹姆斯（《豪門幽魂》作者，
十九世紀美國小說家）

小仲馬先生為我們展現的不只是平凡生活的一角，而是富有哲理意味的狂歡節……唯有《茶花女》永垂不朽。

——左拉（《婦女樂園》作者，
十九世紀法國自然主義代表作家）

小仲馬先生不屬於任何流派，不信奉任何宗教……他觀察、思考，他不只看見現在，而且還看見未來。

——托爾斯泰（《戰爭與和平》、《安娜卡列妮娜》作者，
十九世紀俄國文豪）

—譯者序—

小仲馬式的懺悔

李玉民

書應需而至，是我的一大快事。這次應約翻譯《茶花女》，法國友人斯坦麥茨教授得知，就贈給我一種好版本。所謂的好版本，就是有名家安德列·莫洛亞作序，正文後又有注釋，還附錄了有關作者和人物原型的資料。無獨有偶，譯完小說要寫「譯者序」時，我又在書櫥裡發現一本應需之書，波羅·德爾貝什著的《茶花女與小仲馬之謎》（沈大力與董純合譯）。這個發現改變了我寫序的方向。

說來也奇怪，在世界上，《茶花女》是流傳最廣的名著之一，但在法國還稱不上是經典傑作，也就是說進不了學校的課堂。在課堂之外，《茶花女》在舞臺上成為久演不衰的保留劇目，還由威爾第[1]作曲改編成為歌劇，可以入選世界十大歌劇；至於搬上銀幕的版本就更多了，世界著名影星嘉寶[2]等都演繹過茶花女。可見，從名氣上講，《茶花女》並不亞於任何的經典名著。

就是在法國文學界，也無人不承認，《茶花女》是部一舉成功的幸運之作。一八四八年，小說《茶花女》一發表，就成為熱門的暢銷書。改編成戲劇四年後得以公演，又一炮打響了名聲。小仲馬春風得意，成為文壇的寵兒。此後小仲馬又創作並發表了許多小說和戲劇，有些還轟動一時，總之，到了一八七〇年大仲馬去世的時候，小仲馬的榮耀已經完全遮蔽了父親的名聲。他擁有廣大的讀者和觀眾，在許多人眼裡是他那時代最偉大的作家。一八七五年，小仲馬進入法蘭西學院，可謂功德圓滿，成為四十位「不朽者」之一[③]。

對於這樣一位成功的作家，稱頌者自然大有人在，其中不乏喬治·桑、托爾斯泰、莫泊桑等名家，但時至今日，批評之聲仍不絕於耳。最新的批評之作，就是擺在我面前的這本《茶花女與小仲馬之謎》，寫於一九八一年，作者以尊重史實的態度，披露《茶花女》神話的底細。書中第五頁，這樣的一段話特別引起了我的注意：

「她將在祭壇上爲富有者的體面而獻身。」小仲馬爲自己虛構的「純眞愛情」辯白，對父親說：「我希望一舉兩得，即同時拯救愛情與倫理。而且也贖了罪，洗滌自身的汙穢，任何權威都不可能

①．朱塞佩·威爾第（一八一三—一九〇一）：義大利著名作曲家，著有《阿依達》、《茶花女》等經典歌劇。

②．葛麗泰·嘉寶（一九〇五—一九九〇）：瑞典籍電影女演員，曾獲奧斯卡終身成就獎，被美國電影學會評為百年來最偉大的女演員第五名。

③．入選為法蘭西學院院士為法國學界最高榮譽，其身分是終身制，因創始人樞機主教黎塞留的印章上有名言「獻給不朽」，故而院士被喻為「不朽者」。

指責我選擇了一個妓女當小說的女主人公。有朝一日，倘若我申請進了法蘭西文學院，他們也無法說我頌揚過淫蕩。」

這段話又讓我想起我本不願理睬的、一種對《茶花女》最輕蔑的評價，即說這是一部情色有餘、內涵不足的「玫瑰露」小說。寫一個名妓的故事確實是不爭的事實，而這位名妓又確有其人，名叫瑪麗‧杜普萊西，一個淪落風塵的絕色女子。且不說紈褲子弟、風流雅士趨之若鶩，大仲馬也與之有染；單講小仲馬，一八四四年二十歲左右，就得到比他大半歲的瑪麗青睞，很快地成為了她的「心上人」。可是一年之後，兩個人就因為爭吵而分手，小仲馬為瑪麗寫了一封《絕交書》。

小仲馬想躋身文壇，試筆不成，早就在打名妓瑪麗的主意，開始蒐集寫作的素材。就在瑪麗罹患肺病咳血的期間，他就把她獻上祭壇，寫成了小說《茶花女》，又改編成劇本，成功的首演被稱為十九世紀法國最重大的戲劇盛事。

然而，小仲馬的創作命運已經註定，此後不管他又寫出多少作品，也只是綠葉，陪襯著他桂冠上的那朵大茶花。《茶花女》是他的唯一，始終是他成功的基礎和頂點，也一直是對他評價或毀或譽的起點和終點。

此後小仲馬的全部文學創作活動，都旨在逃出《茶花女》這個魔咒，逃出這塊骷髏地，另外建立起他的文學王國。他要走下原罪的十字架，坐上真正的文學寶座。

於是乎，他開創了「命題戲劇」的口號，主張「戲劇必須服務於社會的重大改革，服務於心靈的巨大希望」。他按照這種主張創作的一些劇本，連題目都已然命定：《半上流社會》（一八五五）、《金錢問題》（一八五七）、《私生子》（一八五八）、《放蕩的父親》（一八五九）、《婦女之友》（一八六四）……。

於是，無論法國進入第二帝國時期，還是變成富人顯貴們的共和國，小仲馬始終以倫理的權威自居，高舉著社會道德這面大旗。

於是，他趁機懺悔了青春時期的「原罪」：「讀者朋友，我懷著對藝術的熱愛和尊重，寫了這些所有劇本，唯獨第一種例外，那是我花一周時間炮製出來的，單憑著青年的膽大妄為和運氣，主要是貪圖金錢，而不是有了神聖的靈感。」

他所說的「例外」，當然是指《茶花女》。令人深思的是，圍繞著為他帶來最大名利的這部作品，他總是否定別人所肯定的東西。

想當初，小仲馬寫《茶花女》時，拋卻功利的動機不說，他畢竟是寫自身的一段感情經歷，尤其這是與一個紅極一時的名妓，一段不可能長久的戀情，極具新聞價值。即使一模一樣地寫出來，就可以成為暢銷讀物，更何況是美化（藝術加工）了呢？

小仲馬自然不會簡單地敘述和妓女的愛情故事，否則他就真的創作出一部「玫瑰露」小說了。

他深感於「同時拯救愛情和倫理」的必要，以免落個頌揚淫蕩的惡名。因此，他一方面把這段放蕩行為美化成「純真愛情」，另一方面又準備為了倫理而犧牲掉愛情。

應當指出，小仲馬的高明之處，就是通過懺悔的口吻來完成這種美化。他採用了懺悔的手法，在一定程度上，固然是模仿普雷沃神父的《瑪儂．萊斯科》④，也是受繆塞的《世紀兒的懺悔》⑤的啟發。但是，一般有意義的懺悔，總是在悔痛自己的所作所為。然而，小仲馬悔痛的卻是他在現實中莫須有的、僅僅在作品中才有的思想和行為，這是最大的區別，也是他成功的創新。

在小仲馬的筆下，一次放蕩行為轉化為「純真愛情」，阿爾芒一片真心追求茶花女，卻總是誤解瑪格麗特的真情。故事自始至終，二人都在表述這種心跡。更令人拍案叫絕的是，阿爾芒和茶花女要爭取社會和家庭的認同，把他們不為倫理所容的關係納入倫理的規範，獲得合法的名分，為此不惜一切代價，只可惜碰到不可逾越的障礙，從而釀成悲劇。

F．薩爾塞於一八八四年談到《茶花女》時，有過這樣的一段話：「這個年輕人根本不在乎規則，也不理睬他所不了解的傳統習慣。他將這個熱辣辣、活生生的故事搬上舞臺，再現日常生活的各種細節……他卻沒有意識到引入生活細節的同時，就更新了戲劇的力量，進行了一場變革……這是舞臺上所見到的最真實、最感人的作品之一。」

正是這種「熱辣辣、活生生的故事」，賦予了作品感人的力量和長久的生命力。但小仲馬卻認為這是要贖的「罪」、要洗滌的「汙穢」。他認定《茶花女》的成功是他懺悔的成功。的確，偽裝成純真愛情的放蕩，再加上懺悔的調解，就既能滿足那些富有者的欲望，又符合當時社會的道德觀念了。

然而，小仲馬混淆了，或者根本沒有分辨清楚藝術的成功和社會的成功。他錯誤地以為社會的成功就是藝術的成功。《茶花女》之後四十年的文學創作，小仲馬在社會成功的道路上步步攀登，不斷地懺悔他的原罪《茶花女》。

四十年社會成功的掌聲和喝采一旦安靜下來，他的眾多作品擺到《茶花女》的旁邊一比，就顯得多麼蒼白。

白白懺悔了四十年。

小仲馬彷彿要奪回那四十年一般，就在一八九五年妻子亡故之後，他又娶了比他年少四十歲的亨利埃特・雷尼埃。

新婚半年之後，他便去世了。

④・《瑪儂・萊斯科》：法國作家普雷沃神父（一六九七—一七六三）所著的小說，寫一個浪蕩女子瑪儂・萊斯科的故事。

⑤・繆塞（一八一〇—一八五七）：法國貴族、詩人、小說家。《一個世紀兒的懺悔》為他所寫的自傳體小說，講述主人公一段年少的羅曼史。

應小仲馬臨終時的要求，家人沒有把他葬到他家族位在故鄉維萊科特雷的墓地，而是葬在巴黎蒙馬特爾公墓，距離茶花女瑪麗・杜普萊西的香塚僅僅一百公尺。

這也許是小仲馬最後的懺悔。

第一章

依我看，只有認真學習了一種語言之後，才可能講這種語言。同樣地，只有多多研究人，才有可能創造出人物。

我還沒有到能夠編造故事情節的年齡，也就只好如實講述了。

因此，我懇請讀者相信本書故事的真實性，書中的所有人物，除了女主人公之外，都還在世。此外，我所收集的有關事實，大多在巴黎都有見證人，假如我的見證還不足以服人的話，他們可以出面證實。再者，多虧了一種特殊的機緣，唯獨我能夠把這個故事記述下來，因為我是故事最後階段唯一知情的人。而不了解最後階段的詳情細節，也就不可能寫出一個完整的感人故事了。

這些詳情細節，我是這樣獲知的：

那是在一八四七年三月十二日，我在拉菲特街看到一大幅黃顏色的廣告，是拍賣傢俱和珍奇古玩的消息，在物主去世之後舉辦的拍賣會。廣告沒有提及那位逝者的姓名，僅僅說明拍賣會將於十六日中午到下午五點，在昂坦街九號舉行。

廣告還註明，在十三、十四日兩天，有興趣的人可以去參觀那套住宅和傢俱。

我一向喜愛古玩，所以這次的機會我決不會錯過。即使不買什麼，至少也要去開開眼界。

次日，我就前往昂坦街九號。

時間還早，不過那套房間已經有人進去參觀了，甚至還有幾位女士：她們雖然身穿絲絨衣裙，披著喀什米爾披肩，乘坐的豪華大轎車就在門外等候，可是看到眼前展現的豪華陳設時，她們也不免感到驚詫，甚至感嘆不已。

後來我才領會，她們為何會那樣感嘆和驚詫了，因為我一仔細觀察，就不難發現自己進入了一名高級妓女的閨房。那些貴婦，如果說渴望親眼看看什麼的話，渴望看的也正是這類交際花的宅內閨房，而進入參觀的恰恰是上流社會的女士。須知這一種交際花，每天乘坐馬車兜風，將泥水濺到貴婦的馬車上；她們還到歌劇院和義大利人劇院①，就坐在貴婦隔壁的包廂裡。總之，她們肆無忌憚地在巴黎炫耀妖豔的美貌、炫目的珠寶首飾，以及風騷淫蕩的生活。

女主人既已逝去，讓我得以置身於這間房子裡，甚至連最貞潔的女子也可以長驅直入。死亡淨化了這個富麗堂皇之所的汙濁空氣。況且，真需要解釋的話，這些最貞潔的女子也情有可原。說她們是來參加拍賣會，並不知道這是誰的住宅；說她們看了廣告，想來瞧瞧廣告上所列的物品，以便事先選定，這種事再普通不過了。當然，她們在這些奇珍異寶之間，也不妨探尋一下這名交際花的生活痕跡。而在這之前，她們無疑聽過人講述她那無比奇妙的身世。

只可惜，那些隱私也隨著女神一同逝去，那些貴婦無論再怎樣搜索，也僅僅看到逝者身後要拍賣的物品，絲毫也沒有發現到，這位女房客生前出賣過什麼。

不少東西自然值得一買。室內傢俱和陳設十分地精美，有布爾②製作的巴西香木傢俱、塞弗爾③和中國的瓷瓶、薩克森④的小雕像，還有各種綢緞、絲絨和花邊的衣物，可以說應有盡有。

我跟隨先到的那些好奇貴婦，在這間住宅裡漫步。她們走進一間掛著帷幔的屋子，我剛要跟進去，卻見她們笑著退出來，就好像為了滿足這種新興的好奇心而感到羞愧，這反倒更加激發了我進屋觀看的欲望。這是一間梳妝室，還原封不動地擺滿了極為精美的化妝用品，充分顯示這女子生前是何等的豪華奢侈。

靠牆一張三尺寬、六尺長的大桌子上，歐科克和奧迪奧⑤的珠寶製品閃閃發亮。真是一整套精美

①．義大利人劇院：原址是舒瓦澤爾－斯坦維爾旅館，用來接待義大利演員，因而得名，之後經過整修，改名為喜歌劇院。
②．布爾（一六四二－一七三二）：法國烏木雕刻家，創造出鑲嵌銅飾和銀飾的新型高級傢俱。
③．塞弗爾：法國小鎮名，位於巴黎西南，以生產瓷器著稱。
④．薩克森：德國東部地區，以生產瓷器、皮革著稱。
⑤．歐科克和奧迪奧：當時最負盛名的金銀首飾匠。奧迪奧是帝國風格的大首飾匠，製作了法蘭西銀行的茶湯壺和拿破崙兒子的搖籃。

的收藏品，數以千計，都是這間居所的女主人所不可或缺的，無一不是金銀製品。然而，這麼多收藏品，只能是逐漸蒐集而成，絕非是一場豔情所能達成的。

觀看一名妓女的梳妝室，並不會令我感到憤慨，反而是饒有興味地觀賞，不管什麼都看個仔細，發現所有這些精雕細琢的物品上，都有各自不同的徽記和姓氏的縮寫字母。

這些所有東西，每一件都向我顯示這個可憐女孩的每一次賣身，我一邊看一邊想道：上帝對她還是相當仁慈，沒有讓她遭受到平常的懲罰，而讓她在年輕貌美和奢華生活中香消玉殞，須知年老色衰，是交際花的第一次死亡。

事實上，還有什麼比放蕩生活的晚景，尤其一個放蕩女人的晚景，更為慘不忍睹的呢？這種晚景，尊嚴會喪失殆盡，也絲毫引起不了別人的關切。她們遺恨終生，但並不是痛悔走錯了人生之路，而是悔恨不該毫無計畫、揮霍完手中的金錢，這是讓人最不忍卒聽的事情。我就認識一個從前做妓女的女人：過去的風流不再，只留下了一個女兒。據與她同時代的人說，女兒差不多跟母親年輕時同樣漂亮。母親將這個可憐的孩子養大，如果不是為了命令她養老，便絕對不會對她說出：「妳是我的女兒。」這個可憐的女孩名叫路易絲，她順從母親的意見委身於人，並非出於自己的意願，也毫無激情、毫無樂趣可言，就好像大人要她學會一種職業，她便從事了那一行似的。

這個女孩自小就目睹那些放蕩生活，始終處於病態的處境之中，又過早地墮入這種生活，她身上的善惡意識也就泯滅了。而且，誰也沒有想到培育那上帝也許給了她的善惡辨別能力。

這個女孩幾乎每天在同一時刻，都到大街上遊蕩，那情景令我終生難忘。當然也總是有她母親陪伴，那麼勤謹，恰似一個親生母親陪伴著自己的親生女兒。當時我還很年輕，也準備接受我那時代輕薄的道德觀念。然而我還記得，目睹在監護下的這種賣娼行為，我也不免心生鄙夷和憎惡。

此外，那種清白無辜的情態、那種憂鬱痛苦的表情，即便在處女的臉上也是絕無僅有的。簡直就是一副「聽天由命」的形象。

有一天，這個女孩的臉豁然開朗。這位承受罪孽的女孩，在母親一手控制的墮落中，似乎也得到上帝賜予的一點幸福。歸根結柢，上帝把她造就成一個軟弱無力的人，為什麼就不能給她一點安慰，好讓她能承受痛苦生活的重擔呢？有一天，她發覺自己有了身孕，不禁喜悅得發抖，畢竟她心中還殘存一絲貞潔的思想。心靈自然有它奇特的避難所。路易絲高興極了，跑去把這消息告訴母親。按理說，這種事是羞於向人啟齒的。然而，我們在這裡不是要隨意杜撰傷風敗俗的故事，而是在敘述一件真人真事；況且，我們如果不認為對待這類女人，要嚴加譴責人們的不傾聽，極力蔑視人們的不經判斷，因而必須不時揭示她們所受的苦難的話，那麼這種事我們最好避而不談。我們說羞於啟齒，但是母親卻回答女兒說，她們母女二人度日就很艱難了，再添一個人就更難生活了，還說這種孩子要了也沒有用處，懷孕簡直就是浪費時間。

第二天，一個接生婆來探望路易絲，我們只需指出她是母親請來的朋友。路易絲臥床數日，下床後臉色比以前更加蒼白，身體更加虛弱了。

三個月之後，有一個男人對她產生了憐憫之心，力圖治癒她心靈與肉體的創傷。可是，流產這一個最後的打擊太過猛烈，路易絲終究還是不治身亡。

她母親還尚在人世，至於怎麼過活的呢？只有天曉得了。

我在觀賞那些銀器的時候，腦海裡又浮現了這個故事，有一陣工夫彷彿陷入了沉思。因為房間裡只剩下我一個人了，一名看管人在門口監視，以防我偷竊了什麼物品。

我看到自己引起那個人極大的不安，便走上前，對那個老實厚道的人說道：

「先生，您能不能告訴我，原先住在這裡的人叫什麼名字？」

「她叫瑪格麗特・戈蒂埃小姐。」

我聽過她的名字，也和她見過面。

「什麼？」我又對看管人說，「瑪格麗特・戈蒂埃去世了嗎？」

「對，先生。」

「是什麼時候的事情？」

「我想是三個星期之前的事情了。」

「為什麼讓人參觀她的住家呢？」

「債主們認為，這樣子安排能提高拍賣的價錢。這些紡織品和傢俱，人們事先看過就會有印象；

您也明白，這樣做能鼓勵人們購買。」

「這麼說，她負債了？」

「唔，先生，她欠了很多債。」

「那麼，拍賣的錢也一定能抵債啦？」

「還會有剩餘。」

「剩餘的錢歸誰呢？」

「歸她家裡人。」

「她還有家嗎？」

「大概有吧！」

「謝謝您，先生。」

看管人明白我的來意，也就放心了，向我行了個禮，我便走出去。

「可憐的女孩！」我往家裡走的時候，心中暗自想道，「她死的情景一定很淒涼，因為在那種圈子裡的人，必須身體健康才會有朋友。」我情不自禁地，憐憫起瑪格麗特．戈蒂埃的命運來了。

這在許多人眼中看來，未免顯得可笑；的確，對於淪落為娼妓的女子，我總是懷抱無限寬容，甚至不想費心為這種寬容爭辯。

有一天，我去警察局辦護照，看見旁邊一條街上，一名妓女被兩名憲兵抓走。我不知道她做了什麼事，我所能講的，就是她一旦被逮捕，就不得不與才出世幾個月的孩子分離，她親吻著孩子，熱淚滾滾而落。自從那天起，我就再也不敢輕易藐視一個女人了。

第二章

拍賣會於十六號舉行。

參觀和拍賣之間間隔一天，好讓掛毯工人拆卸帷幔、窗簾等物品。

回到消息靈通的首都，總會有朋友告訴我一些重大新聞。當時我旅行歸來，卻沒有聽說瑪格麗特的死訊。這也是自然的，沒人會把這件事當做要聞。瑪格麗特長得很美，然而這類女人講究奢華的生活，生前越是惹人議論紛紛，死的時候就越是無聲無息；好似那些每天升落而黯淡無光的星球。假如她們正當青春韶華便逝去，那麼她們從前的所有情人就會同時得知消息，只因在巴黎，一位名妓的所有情人，幾乎總能夠親密相處。大家交換跟她相好的一些往事，但是每人還是照舊生活，不會受到這個事件的干擾，甚至連一滴眼淚也不會掉。

如今這年頭，人一到了二十五歲，就不會輕易落淚了。眼淚變成極為稀罕之物，不可能隨便為了一個女子拋灑，頂多只為了雙親哭泣，那也是與他們養育時的付出相等值。

至於我，儘管瑪格麗特哪一件梳妝用品上，都找不到我名字縮寫的字母，但是出於我剛才承認的這種本能的寬容、這種天生的憐憫心，我還是想到了她的紅顏薄命，也許她並不值得我這般久難釋懷。

還記得在香榭麗舍大街時，我經常能遇見瑪格麗特。她乘坐由兩匹紅棕色高頭大馬拉的藍色四輪轎車，每天都要經過那裡。那時我就注意到她有一種高貴的氣質，與她那一類人不同，而她那絕色的美貌更加凸顯她那高貴的氣質。

那類不幸的女子，出門通常都有人陪伴。

然而，與她們有夜宿之情的任何男子，都不肯當眾宣示這種關係，她們本人又害怕形單影隻，就總是會攜帶女伴。女伴的處境自然都大不如她們，或是自己沒有馬車，或是些打扮得花枝招展，也難再現往日風騷的老婦人。若想了解她們所陪伴女子的什麼隱私，那就不妨去問問她們。

瑪格麗特的情況則不同，她總是獨自乘車到香榭麗舍大道，儘量避免惹人注目，冬天裹上一條喀什米爾大披巾，夏天就穿著極為普通的衣裙。在她喜歡散步的路段，儘管能遇到不少熟人，當她偶爾向他們微微一笑時，也唯有他們才能看到，那是一位公爵夫人才可能擁有的微笑。

她並不像她的那些同行那樣，在香榭麗舍大道的入口處，繞著圓形廣場漫步，而是由兩匹馬車飛速拉到布洛涅樹林[1]。她會到那裡下車散步一小時，然後又重新登上馬車，飛馳返回住所。

我曾經時而目睹的這些情景，又重新浮現在我的眼前，我不禁嘆惜這個女孩的香魂離去，如同嘆惜一件藝術傑作的徹底毀滅。

的確，世間再也不可能見到比瑪格麗特更迷人的花容月貌了。

她的體態高䠷，身材未免苗條得過分，但是，她衣著上善於搭配，以高超的技巧稍一調解，就消除掉天生的這種疏失。她那條喀什米爾大披巾邊角一直垂到地面，兩側飄逸出絲綢衣裙寬寬的花邊，還有厚厚的手籠，藏住雙手，緊緊地貼在胸前，四周圍著十分巧妙排列的褶皺，她的線條是那麼的優美，再挑剔的目光也挑不出任何毛病。

她的那顆頭簡直妙不可言，正是刻意修飾的部位，天生小巧玲瓏，大概是繆塞所說的，母親特意為她生了一個適合打扮的腦袋。

她那張鵝蛋形的臉龐，清秀得難以描摹，兩道清純如畫的彎眉下，鑲嵌著一雙黑眼睛；而遮蔽雙眸的長長睫毛低垂時，就在粉紅色臉頰上投下陰影；那鼻子纖巧挺直，十分靈秀，鼻孔微微向外張，強烈地渴望性感的生活；那張嘴也特別勻稱，嘴唇曼妙地微啟，便露出乳白色的牙齒；那肌膚長了一層絨毛，宛若未經手觸摸過的桃子。這些組合起來，便是她那張柔媚面孔的全貌了。

她那烏黑的秀髮猶似黑玉，不知是否是天然鬈曲，在額前分成兩大綹；再攏到腦後，兩側只露

①．布洛涅樹林：位於巴黎西郊，是巴黎人驅車遊玩的好去處。

出耳垂，吊著兩隻亮晶晶的鑽石耳環，每只價值四、五千法郎。

瑪格麗特那種火熱的生活，為什麼還能在她的臉上留下特別純真，甚而稚氣的情態呢？這正是我們無法忽視，而又百思不得其解的疑問。

瑪格麗特有一幅維達爾②為她所畫的出色肖像，也只有他的畫筆，才能再現她的風韻。在她去世之後，那幅畫像曾在我手中保存數日，它與她本人驚人地相似，能向我提供許多的資訊，彌補我記憶中的缺失。

這一章所講述的具體情況，有些是我後來才獲悉的，現在就寫出來，以免開始敘述這位女子的軼事時，還得再回過頭來追述。

每次劇院首場演出，瑪格麗特一定會去觀賞。每天夜晚，她都在劇院或者舞廳度過。每次演出新的劇碼，就肯定能看見她到場，而且有三樣東西從不離身，放在她於一樓包廂的俯欄上，也即她的觀劇鏡、一袋糖果和一束山茶花。

她所帶的茶花，每個月開頭的二十五天是白色的，隨後五天是紅色的；而這種花色的變換，始終沒人能了解其中的奧妙，我也不能解釋，僅僅只能指出這一個現象。而這一個現象，劇院的常客和她的朋友，也和我一樣注意到了。

除了茶花，從未見過有別種鮮花與瑪格麗特相伴。因此，她常去巴爾榮太太花店買花，後來就獲得了一個綽號——「茶花女」，而她的這個綽號就這樣傳開了。

此外，我也像生活在巴黎某個社交圈的人那樣，知道瑪格麗特曾做過一些最時髦青年的情婦，對此她並不忌諱，而那些公子哥兒也以此炫耀，這表明情夫和情婦彼此都很滿意。

然而，據說大約三年前，她從巴涅爾[3]旅行歸來之後，就只跟一位外國老公爵一同生活了。那位老公爵極為富有，千方百計地要她改變過去的生活，而她似乎也很樂意聽從老公爵的安排。

此件事的經過，別人是這樣對我講的：

一八四二年的春天，瑪格麗特的身體十分虛弱，形容枯槁，因此她不得不遵從醫生的囑咐，動身前往巴涅爾洗溫泉浴。

那裡療養的患者中，就有那位公爵的女兒，她不僅與瑪格麗特患了同樣的病症，而且容貌長相也十分的相似，別人還以為她們倆是親姊妹。只可惜那位公爵的千金肺病已經到了末期，在瑪格麗特抵達後沒幾天，她便溘然而逝了。

只因巴涅爾的土地埋葬著自己的心肝寶貝，公爵就不忍離去。一天早晨，他在一條林蔭路上散

②．維爾達（一八一一—一八八七）：即萬桑．維爾達，法國肖像畫家。

③．巴涅爾：法國南方庇里牛斯山區的溫泉療養勝地，有不少貧血症患者會至此泡溫泉休養。

步，在轉角處見到了瑪格麗特。

他恍若看見自己女兒的身影走過，便趨上前去，拉起她的雙手，一邊擁抱她一邊潸然淚下，也不問問她是誰，就懇求允許他常去看望她，把她視為死去女兒的形象去愛她。

瑪格麗特在巴涅爾，只帶了一名貼身女僕，況且，她絲毫也不怕名譽受損，便同意了公爵的請求。

然而在巴涅爾，有人認識瑪格麗特・戈蒂埃小姐，他們去拜訪公爵，鄭重勸告他注意戈蒂埃小姐的真實身份。這對老人而言，是一大打擊。即使他覺得她不再像自己的女兒，卻也為時已晚。這名年輕女子已成為他感情的一種需要，成為他還活在世上的唯一藉口、唯一理由。

公爵絲毫沒有指責她，他也無權那麼做。但是他詢問瑪格麗特，是否感到有能力改變一下生活方式，並且表示他願意彌補她的損失，滿足她的所有渴望。瑪格麗特答應了。

應當指出，在那個時期，天生熱情奔放的瑪格麗特正在病中，她認為過去的生活是她生病的一大原因，頭腦裡還有些迷信，希望通過悔痛和改變獲得寬恕，讓上帝保祐她的美貌和健康。

她洗溫泉浴、散步，身體自然疲倦，睡眠就會好，果然到了夏末秋初，她就差不多康復了。

公爵陪伴瑪格麗特返回巴黎，他還像在巴涅爾那樣，時常來看望她。

這種交往的關係，其緣由和真正的動機，都不為人所知，在巴黎自然就引起了極大的轟動，公爵由於他的巨富而著名，現在又讓人了解到他揮霍的一面了。

別人都把老公爵和這位年輕女子的親密交往，歸因於老富翁常有的生活放蕩。大家做出種種推測，然而說的都不是事實。

只是，這位父親對瑪格麗特的感情，有一種十分聖潔的起源，因而在他看來，跟她除了心靈相通之外，任何別種關係都無異於是亂倫。他對瑪格麗特所講的話，沒有一句是不堪入女兒耳朵的。

我們無意不顧事實，把女主人公寫成另一種樣子。但是我們要說，她只要還留在巴涅爾，就不難信守對公爵的承諾，而且她也的確遵守了。然而一回到巴黎，這個過慣了歡舞宴飲放蕩生活的女孩，就感到寂寞得要死，只有公爵定期來訪才能打破一點她的孤寂，於是從前生活的灼熱氣息，開始吹拂她的腦海與心扉。

應該還要補充一句，這趟旅行歸來，瑪格麗特的容貌越發光豔照人了；她才二十歲，正當妙齡，病症暫緩卻未根治，又在激發她的狂熱欲望，而到頭來，這種狂熱的欲望幾乎快導致肺病發作。

公爵的那些朋友始終在監視著瑪格麗特，他們說公爵和這個年輕女子交往損害到自己的聲譽，總想抓住她的一些醜聞。有一天，他們前來告訴公爵，並且向他證明：瑪格麗特一旦確信公爵不去看望她時，她就接待別的客人，而且那些拜訪往往會延續到第二天。公爵聽了之後心痛欲碎。

公爵詢問起來，瑪格麗特便全部承認了，並且坦言相勸，今後不必再照顧她了，因為她深感無力信守之前許下的諾言，她也不願意再這麼接受一個被她欺騙的人的恩惠了。

公爵整整一周沒有露面，而他也只能堅持這麼久；到了第八天，他便去懇求瑪格麗特繼續接待他，只要能見面，她無論成為什麼樣子，他都保證接受，還向她發誓說，哪怕自己送掉性命，也決不再指責她一句。

這就是瑪格麗特返回巴黎之後的三個月，即一八四二年十一月或十二月所發生的事情。

第三章

十六日下午一點，我前往昂坦街。

走到通行車輛的大門口，就能聽見拍賣報價員的大嗓門。

房間裡擠滿了好奇的人。

所有的交際花、名妓都到場了。也來了幾位貴婦，她們再次以參加拍賣為藉口，以便就近觀察她們從來沒有機會接近的女人，她們偷偷地窺視，或許還暗暗羨慕那些女人輕易得到的歡樂。

德．F公爵夫人跟A小姐擦肩而過，這位小姐是當代妓女中最不走運的一個；德．T侯爵夫人要買一件傢俱，正在猶豫不決之際，當代最風流、最有名的蕩婦D夫人卻出了更高的價錢；還有德．Y公爵，在馬德里被人視為他在巴黎破了產，在巴黎又被人認為他在馬德里破了產，其實他連自己的收入都花不完，他一面與M夫人閒談，一面又與德．N夫人眉來眼去；M夫人是最有才華的短篇小說家，常常要寫下自己所講的話，並且簽上自己的姓名；而德．N夫人是一位美麗的婦女，幾乎總穿著粉紅色或藍色的衣裙，愛在香榭麗舍大道上兜風，為她拉車的那兩匹黑色高頭大馬，還是托尼[①]以一萬法郎的價錢賣給她的，她也如數照付了……。最後還有R小姐，她僅僅憑藉著自己的才能所掙得的財富，就是那些上流社會貴婦嫁妝的兩倍，是那些交際花以姿色換取財富的三倍，她不顧天氣寒冷，也來買些物品，她所吸引到的目光可真不少。

如果不是怕讀者生厭的話，我們還可以以姓名開頭的字母，列舉聚在這間客廳裡的許多人，他們對於能在此相遇都不免感到有些詫異。

我們只講一點就夠了：所有人都欣喜若狂，到場的女士，有許多認識這住宅裡死去的女主人，但是她們彷彿都不記得了。

大家高聲談笑，拍賣員們不得不聲嘶力竭地叫喊。搶占了排列在拍賣桌前長凳的商人們，都想安安靜靜地談生意，努力想讓人安靜下來卻是徒勞。從沒有見過如此喧鬧紛亂的聚會。

我一聲不響，鑽進這令人哀傷的嘈雜人群中，心想在那可憐女子嚥氣不久的房間旁邊，就在拍賣傢俱，以便償還她的債務。我到場是想來觀察，倒不是想來買東西。我注視那些拍賣商的面孔，每當一件物品的賣價超過報價時，他們就喜形於色。

這些體面的人，早就在這個女人賣娼的生涯中投機，在她身上百分之百地撈好處，一直到她臨終之前，還用帳單逼迫她還債，而在她死後，更要前來摘取他們精心盤算的果實，同時收取他們可恥借貸的利息。

古人替商人和竊賊設立了同一個神祇②，真是太有道理了。

衣裙、喀什米爾披巾、首飾，售出速度之快令人難以置信。沒有一樣令我感興趣，我一直在等待機會。

忽然，我聽見有人嚷道：

「一部書，精裝本，切口燙金，書名為《瑪儂．萊斯科》，扉頁上還有題詞，十法郎。」

「十二法郎。」冷場了好一陣子，才有人答道。

「十五法郎。」我應了一聲。

為什麼參加競價？我也說不清楚，恐怕是衝著題詞吧！

「十五法郎。」拍賣員重複了一遍。

「三十法郎。」頭一個競拍的人又說道，他那個聲調似乎是要把別人鎮住，不再抬價。

「三十五法郎！」我也以同樣聲調嚷道。

「四十。」

①．托尼：當時販賣名貴馬匹的商人。
②．希臘神話中的荷米斯是天神宙斯的兒子，他掌管商業、交通、畜牧、競技、演說、欺詐、竊盜等行業。在羅馬神話中則稱為墨丘利。

「五十。」

「六十。」

「一百。」

應該承認，我如果打算製造效果，是完全成功了，因為，這樣的高價一拋出去，全場就一片寂靜，眾人的目光都投向我，想了解似乎志在必得此書的這個先生究竟是什麼人。

我最後出價的聲調，看來折服了我的對手。他願意放棄這場競標，這樣子爭下去，也不過是讓我出十倍的價錢買下這本書。儘管遲了些看清楚這一點，但他還是鞠個躬，十分大度地對我說：

「我放棄，先生。」

再也沒有人提出異議，這本書也就拍賣給我了。

我自知阮囊羞澀，深恐可能受到自尊心的慫恿，再次執拗地競拍什麼物品，便登記了自己的姓名，將書單獨放起來，下樓離開了。可以想見，目睹這場競拍的人，一定百思不得其解：這樣的一本書，無論到什麼地方，花上十法郎，頂多十五法郎就能夠買到。不知我出於什麼目的，竟然出了一百法郎的高價。

一個小時之後，我派人取回我買下的書。

在書的扉頁上，贈書人用羽毛管筆寫下字體優美的題詞。題詞只有寥寥數字：

瑪儂相較於瑪格麗特，
相形見絀。

題詞簽名為：阿爾芒・杜瓦爾。

「相形見絀」，這句話是什麼意思呢？

依這位阿爾芒・杜瓦爾先生的看法，在放蕩或情感方面，是不是瑪儂都要承認，瑪格麗特比她更勝一籌呢？

後一種解釋，似乎更為合理，因為前一種放蕩之說，直率到了無禮的程度，瑪格麗特無論怎麼看待自己，也斷然不會接受這種說法。

我又出門去，直到夜晚上床時，才又拿起這本書。

理所當然，《瑪儂・萊斯科》是一個感人的故事，書中的每個細節我都熟悉。然而，當我捧起這本書時，仍舊因為出於喜愛而深受吸引。我翻開書，現在是第一百次跟普雷沃神父的女主角打交道了。這位女主角的形象十分逼真，使我有似曾相識的感覺。在能拿瑪格麗特進行比較的情況下，這就為我閱讀本書增添了意想不到的情趣；同時，我對本書原來的主人，這個可憐女孩的寬容之心，又增添了幾分憐憫，幾乎帶有愛意了。不錯，瑪儂死在荒野中，但是畢竟是在全心愛她的男子懷抱中嚥氣；而且在她死後，那男子為她挖了墓穴，祭灑了眼淚，並把自己的那顆心也一同埋葬了。瑪格麗特和瑪儂一樣，也是個有罪孽的人，也許像瑪儂一樣皈依了天主教，如果相信我所目睹的情景，她似乎死在奢華的環境裡，死在她過去生活的床上，但是，也死在心靈的荒漠中；比起埋葬瑪儂的荒野，這荒漠顯得更加荒涼、更加空曠，也更加無情。

的確，瑪格麗特痛苦的臨終期長達兩個月，卻不見一個人到床前給她真正的安慰，我也是從幾位知情的朋友那裡，了解到她生命最後階段的情景。

繼而，從瑪儂和瑪格麗特的遭遇，我又聯想到我認識的一些女人，看見她們唱著歌，走上幾乎一成不變的死亡之路。

可憐的女人啊！如果愛她們是一種過錯的話，那麼至少總該同情她們。你們同情從未見過陽光的盲人；同情從未聆聽到大自然和諧之音的聾子；也同情從來未能表達心聲的啞巴，而你們卻在廉恥的虛假藉口下，不肯同情令不幸的女人發瘋的這種心竅的盲、靈魂的聾和意識的啞。必須明白正是由於這些障礙，她們才會處於無奈之中，看不到善，聽不見上帝的聲音，也講不出愛與信仰的純潔話語。

雨果塑造出瑪麗容・德洛姆[3]，繆塞塑造出貝爾納蕾特[4]，大仲馬塑造出費爾南德[5]，歷代的思想家和詩人，都向風塵女子奉獻了他們的仁慈之心。有時，一位偉大的人物用他的愛情，甚至用他的姓氏門第為她們恢復名譽。我強調這一點也是事出有因，正要讀這本書的人，也許已經有不少人打算想丟掉它，深恐書中所寫的無非是讚美墮落與賣娼，而作者的年齡，無疑更助長了他們的這種擔心。但願有這種想法的人能夠明白，如果僅僅只是出於這種擔心，那麼還是請他們看下去。

我確信這樣的一條原則，對於沒有受過善之教育的女人，上帝幾乎總開闢了兩條小路，引領她們進入，即痛苦之路和愛情之路。兩條路都很艱難，她們走在上面，雙腳會扎出血來，雙手會被劃破，但是她們在路旁的荊棘上，同時也留下了罪孽的衣物，赤條條地到達目的地。這樣赤條條地來到上帝面前，她們自然不必感到羞愧。

有些人遇見了這些勇敢的人生旅客，就應該支持她們，告訴大家跟她們相遇時的情景，因為公諸於世的同時，他們也就指明了道路。

事情絕非簡單地在人生之路的入口，豎立起兩塊牌子，一塊牌子寫著「善之路」，另一塊牌子則警示著「惡之路」；也絕非簡單地對要上路的人說：「自己選擇吧！」應該要像基督那樣：向受到各方面誘惑的人指明，由惡之路通向善之路的各種途徑。尤其應該注意，不要讓那些途徑的開頭太過於痛苦，令人望之卻步。

③．瑪麗容．德洛姆：雨果於一八二八年發表的同名劇的女主角。
④．貝爾納蕾特：繆塞於一八三八年發表的短篇小說《費雷德里與貝爾納蕾特》中的女主角。
⑤．費爾南德：大仲馬於一八四四年發表的三卷本同名小說中的女主角。

基督教有個浪子回頭的絕妙寓言，可以勸導我們講求寬容和恕道。耶穌滿懷著愛心，對待那些受情欲所害的人，盡心地為她們包紮傷口，並且從情欲中提取能治癒創傷的藥膏。因此，耶穌對瑪德萊娜⑥說：「妳的許多罪過都將被赦免，因為妳廣為愛人。」崇高的寬恕定然會喚起一種崇高的信仰。

我們為什麼要採取比基督更嚴厲的態度呢？這個世界是為了顯得強大，才換上了一副冷酷的面孔，而我們為什麼要附和它的見解，遺棄那些涔涔流血的靈魂呢？要知道那些傷口流淌的往往是她們過去的罪孽，如同病體所流出的汙血一般，而她們只期望有一隻友好的手為其包紮，使她們的心靈康復。

我講這種話，是對著與我同時代的人，面對那些認為伏爾泰⑦的理論幸好過時了的人，面向那些跟我一樣，明白十五年來，人類正經歷一場突飛猛進發展的人。善與惡的學說已經完全確立了，信仰又重新樹立起來，而尊重神聖事物，也重新成為我們的規範。這個世界，如果說還沒有變得盡善盡美的話，至少也變好一些了。所有聰明睿智的人，都朝著同一個目標努力，一切偉大的意志，也都遵從同一項原則：我們要善良，要保持青春，要真誠！惡行只是一種虛榮，我們要有行善的自豪，尤其不能失去希望。我們不要鄙視既不是母親、女兒，又不是妻子的女人。我們也不要減少對家庭的敬重、對自私的寬容。既然上天看到一個懺悔的罪人，比看到一百位從不犯罪的正直之人還要高興，那麼我們就儘量討上天的歡心吧！上天會加倍償還我們的。我們在行走的路上要把我們的寬恕，施捨給那些被塵世的欲望所毀掉的人，神聖的希望也許能拯救他們，正如好心腸的老婦人勸人使用她們的藥方時所說的：試試看，即使不見效也沒有壞處。

當然，我未免顯得有點狂妄，想從我所處理的小題目中引導出重大的結論。但是我正是相信一切都蘊藏在渺小之中的那種人。孩子雖小，但卻蘊蓄著成年人；腦袋雖然狹小，卻蘊涵了無限的思想；眼珠雖然只是一個小點，但它卻可以看遍廣闊的天地。

⑥．瑪麗．瑪德萊娜：《聖經》福音書中的人物，原是放蕩的罪惡女子，之後改邪歸正，成為女聖徒。
⑦．伏爾泰（一六九四—一七七八）：法國思想家、文學家、哲學家，為啟蒙運動公認的領袖，被稱為「法蘭西思想之父」。

第四章

兩天之後，拍賣會結束，拍賣的總貨款為十五萬法郎。

債主們分掉了三分之二，剩下的錢由家屬繼承，即一個姊姊和一個小外甥。

那位姊姊收到代理人的信件，得知她繼承了五萬法郎，驚訝得睜大了眼睛。

這個年輕女孩，已有六、七年沒有見到她妹妹了。忽然有一天她妹妹失蹤，之後便杳無音信。至於妹妹的生活情況，無論是妹妹本人還是別人，都無人向家裡透露。

且說她匆匆趕到巴黎，認識瑪格麗特的人一見到她都十分地驚訝：死者的唯一繼承人，竟然是一個胖乎乎的鄉下女孩，生來還從未離開過她的村莊。

她一下子就發了財，甚至不知道這意外的財富從何而來。

後來我聽說她回到鄉下，沉痛哀悼她死去的妹妹，這巨大的哀傷當然也獲得了補償：她將那筆錢以四厘五的利息存入銀行。

在不斷製造社會新聞的巴黎，這些所有情況也在一時間成為傳聞，之後又被人所遺忘；甚至連我也幾乎淡忘了自己為何捲入這個事件之中，不料又發生了一件事，倒使我了解到瑪格麗特一生的經歷。我覺得她的經歷中有些情節十分感人，就產生了書寫下來的欲望，於是寫下了這個故事。

那套房子搬空了傢俱，開始招租，三、四天之後的一天早晨，忽然有人拉響了我的門鈴。我的僕人，確切地說，為我充當僕人的門房去開了門，為我拿進來一張名片，說是送上名片的那個人希望與我談一談。

我瞥了一眼，看到名片上印著：

阿爾芒．杜瓦爾

我搜尋記憶裡，曾在哪裡見過這個姓名，終於想起那本《瑪儂．萊斯科》扉頁上的題詞。贈書給瑪格麗特的人要見我是何來意呢？我吩咐立刻將等待的人請進來。

於是，我看見一個金髮青年走進來，他的個頭兒高䠷，臉色蒼白，還穿著一身旅行裝，彷彿幾天沒有換下來，到了巴黎也沒有花點時間刷一刷，還是一副風塵僕僕的樣子。

杜瓦爾先生的情緒十分激動，也絲毫不掩飾這種情緒，眼睛噙著淚水，聲音顫抖著對我說道：

「先生，請您原諒我冒昧前來打擾，又穿著這樣一套衣服。不過，除了青年之間不必過分拘謹之外，我還特別渴望今天就見到您，甚至顧不得先到我行李下榻的旅館。儘管時間尚早，還是先趕到您的府上，唯恐來訪時您不在家。」

我請杜瓦爾先生坐到爐火旁邊。他坐下來，同時從口袋裡掏出一塊手帕，捂住臉好一會兒。

「您大概難以理解，」他淒然地嘆了一口氣，又說道，「一個不速之客，穿著一身這樣的衣服，還流著眼淚，在這樣的時刻跑來找您，究竟是何用意。」

「先生，我來拜訪，是想請您幫我一個大忙。」

「請講吧！先生，有什麼事儘管吩咐。」

「您出席了瑪格麗特．戈蒂埃的拍賣會吧？」

這個年輕人本來暫時克制住情緒，一講出這句話，又控制不住了，不得不用手捂住眼睛。

「在您看來，我一定顯得很可笑，」他又補充說道，「我這樣子，還得請您原諒，也請您相信，我永遠也不會忘記，您肯如此耐心聽我說話。」

「先生，」我回答說，「如果我真的能幫上忙，稍微減緩一點您所感到的悲傷，那就快點告訴我能為您做什麼吧！您會看到，我是個樂意為您效勞的人。」

杜瓦爾先生這般哀痛，實在是令人同情，讓我情不自禁地想要為他盡一份心。

這時，他對我說道：

「您在瑪格麗特遺物的拍賣會上，買了些東西吧？」

「對，先生，是一本書。」

「是《瑪儂·萊斯科》吧？」

「沒錯。」

「這本書還在您手頭嗎？」

「就放在我的臥室裡。」

阿爾芒·杜瓦爾得知這個情況，如釋重負一般，連連向我道謝，好像我保存了這本書，就已經開始幫他的忙了。

我站起身，去臥室取出那本書，交到他手裡。

「正是這本書，」他邊說邊看扉頁的題詞，又翻著書頁，「正是這本書。」兩大滴眼淚落到書頁上。

「那麼，先生，」他說著，衝著我抬起頭來，甚至再也不想對我掩飾他流過淚，並且還要繼續哭泣，「您非常珍視這本書嗎？」

「為什麼這樣問呢，先生？」

「因為我想請求您把它讓給我。」

「請原諒我的好奇心，」我說道，「這本書，是您送給瑪格麗特·戈蒂埃的嗎？」

「是的。」

「這本書是您的，先生，您就拿回去吧！我很高興它能物歸原主。」

「不過，」杜瓦爾先生面有難色，又說道，「我至少應該歸還您所付的書錢。」

「請允許我把它送給您吧！在那樣一場拍賣會上，一冊書的價錢是無足掛齒的，我也不記得付了多少錢了。」

「您付了一百法郎。」

「不錯，」我也頗為尷尬地說道，「您是怎麼知道的？」

「這很簡單，我原本想及時趕到巴黎，參加瑪格麗特的遺物拍賣會，可是到今天早晨才抵達。我一心想弄到她的一件遺物，便去找拍賣商，請他允許我查一下售出物品與買主的清單。我看到這本書是您買走的，便決定來求您讓給我。儘管您出的價錢令我擔心，您要擁有這本書，莫非是要特意留作紀念。」

阿爾芒這樣講，顯然是擔心我也像他一樣，跟瑪格麗特非常熟悉。

我趕緊讓他放下心來。

「我只是見過戈蒂埃小姐，」我對他說道，「她的去世使我產生的感受，就如自己樂於遇到的一位漂亮女子死了，哪個青年都會有的同樣感受。我出席拍賣會，想買一點什麼，結果執意競標這本書，我自己也不知道為什麼，大概就想賭氣，激怒一位跟我爭奪、似乎在向我挑戰的先生。我再跟您說一遍，先生，這本書就物歸原主了，我再次請您接受。不要像從拍賣商手中買到那樣，您再從我手中買走，但願它成為我們長久交往，建立密切關係的一種契約。」

「很好，先生，」阿爾芒對我說道，他同時伸出手來握住我的手，「我接受，我也終生感謝您。」

我很想問問阿爾芒有關瑪格麗特的身世。因為，書上的題詞、這個年輕人的長途跋涉，以及他想擁有這本書的強烈願望，都激起了我的好奇心。但是也擔心，立刻就詢問我的客人，倒顯得我不肯收他的錢，只為了有權插手管他的私事。

他彷彿猜出了我的渴望，對我說道：

「這本書您讀過嗎？」

「整本都讀完了。」

「我寫的那兩行字，您有什麼看法？」

「我當下就明白，您贈書的這個可憐女孩，在您的心目中出類拔萃。因為，我不願意將這兩行文字，僅僅當成一般的恭維。」

「您說的對，先生。這女孩是個天使。拿著，」他對我說道，「您看看這封信。」

他遞給我一封信，看樣子這封信已經被讀過許多遍了。

我展開信紙，內容如下：

我親愛的阿爾芒，我收到您的信了。您的心腸一直這麼好，我要感謝上帝。對！我的朋友，我病倒了，罹患了一種不治之症。然而，您還是這麼關心我，這就大大地減輕了我的病痛。毫無疑問地，我活不到那一天了，沒有福氣握住寫這封美好信件的手。假如世上還有什麼能治好我的病，我剛剛收到這封信的話語就會治好我。我將不久於人世，又相隔千里，見不到您的臉了。可憐的朋友！您的瑪格麗特模樣大變，今非昔比了。也許還是不見得好，再見面也只能見到這副模樣。您問我是否原諒您，喔！誠心誠意地原諒，朋友！因爲，您對我造成的傷害，只能證明您對我的愛。我臥病不起已經有一個月，我特別珍惜您的評價，因此每天都寫日記，講述我的生活，從我們分手之日寫起，一直到我無力執筆爲止。

如果您眞的關心我，阿爾芒，您一回來，就立即去找朱麗・杜普拉，她會把這本日記交給您。您能在日記中看到，我們之間發生事情的原因和理由。朱麗對我很好，我們經常會談起您。當我收到您的信時，恰巧她也在場，我們讀著信都忍不住流了淚。

萬一我得不到您的回信，她也受託等您回到法國時，將我的日記交給您。您不必爲這事感謝我。每天重溫我一生僅有的幸福時刻，對我大有裨益。如果說您在我的日記中，能看出往事發生的情由，那麼我將從中不斷得到安慰。

我很想爲您留下一件東西，好讓您能一直睹物思人，然而，我這裡的東西全部被查封，一樣也不屬於我了。

您能理解嗎，我的朋友？我快要死了，從臥室就能聽見客廳裡，我的債主們派來的人走動的聲響，那看守人不讓人拿走一件物品，即使我不死，也什麼都不會留給我，唯有希望他們等我死後再拍賣。

唉！人就是這麼冷酷無情！也許我還是錯了，應當說上帝是公正而鐵面無私的。

這樣吧，最親愛的朋友，我的遺物拍賣時您就來吧！買下一樣物品，因爲，什麼我也不能爲您單獨留著，他們一旦發現，就有可能控告您侵吞查封的財物。

我要離開的人世是多麼悲慘啊！但願上帝大發慈悲，讓我死之前再見上您一面！我的朋友，十有八九要永別了，請原諒我不能給您再寫下去了。那些聲稱能治癒我的人總給我放血，結果我的手不聽使喚，無力寫下去了。

瑪格麗特・戈蒂埃

信的末尾，字跡確實模糊不清了。

我把信還給阿爾芒。我看信的時候，他一定又在腦海裡讀過一遍，因為，他接過信就對我說：

「誰想得到，這是一名妓女所寫的呀！」

他回憶起往事，情緒十分激動，注視了一會兒信上的文字，最後送到唇邊吻了吻。

「一想到人已經死了，」他又說道，「想再見一面都無法做到，我也永遠見不到她了；一想到她為我做了連親姊妹都做不到的事，我就不能原諒自己讓她就這樣死去。

「死啦！死啦！臨死前還思念著我，還寫信、叨念我的名字，可憐的、親愛的瑪格麗特！」

阿爾芒不再控制自己的思緒和眼淚，他把手伸給我，繼續說道：

「我為這樣一個女人痛哭流涕，別人若是看到，就會認為我太天真幼稚了。這也難怪，別人不知道當時的我多麼殘忍，給這個女人造成了多大的痛苦，而她又多麼善良、多麼委曲求全。我原以為應該是我原諒她，而如今我卻覺得不配得到她對我的寬恕。唉！能跪在她腳下哭一小時，就是少活十年我也願意。」

不了解一個人的痛苦，就難以給予他安慰；不過，我極為同情這名年輕人，既然他這麼坦誠，向我傾訴了心中的哀傷，我想我的話未必發揮不了作用。於是便對他說道：

「您沒有親戚朋友嗎？去看看他們，要抱著希望，您會從他們那裡得到安慰。而我呢，對您只能表示同情。」

「說得對，」他說著便站起身，在我的房間大步地踱來踱去，「我給您添麻煩了，請見諒。我沒有考慮到我的痛苦跟您沒有什麼關係，不該來打擾您。講一件您不可能，也根本不會感興趣的事情。」

「您誤會我這話的意思了。我一心想為您效勞，但是很遺憾的，我無法減輕您的哀痛。如果我的圈子、我朋友們的圈子能為您排憂的話。總之，無論什麼事，如果您需要我效勞的話，那麼我希望您完全明白，我十分樂意滿足您的心願。」

「對不起，對不起，」他對我說道，「人一痛苦，總會神經敏感。請讓我再留個幾分鐘，容我把眼淚擦乾，以免上街讓閒人看見一個小夥子哭哭啼啼，又會大驚小怪了。剛才您給了我這本書，已經讓我非常高興了；這種恩情，我永遠也不知道該如何報答。」

「您的友情分給我一點，」我對阿爾芒說道，「對我講講您哀傷的緣由就夠了。傷心的事情講出來，多少就是一種安慰。」

「這話有道理。不過今天，我太需要大哭一場了，對您講也是斷斷續續的。這段經歷，改日我再告訴您，到那時候您就會明白，我有理由悼念這個可憐的女孩。現在，」他最後一次擦了擦眼睛，又照了照鏡子，補充道，「說說看，您是不是覺得我太傻了，請您允許我再來拜訪。」

這個年輕人的眼神又善良，又溫和，我真想擁抱他。

可是他呢，淚水又開始模糊了他的雙眼，他見我發覺了這個情況，便把目光從我身上移開了。

「看看您，」我對他說道，「拿出點勇氣來。」

「再見。」他則對我說道。

他極力克制，不讓眼淚流下來，匆匆走出我家大門，簡直就像逃走似的。

我撩起窗簾，望見他又登上在門外等候他的輕便馬車，一進車廂就淚如泉湧，趕緊拿起手帕捂住臉。

第五章

很長的一段時間，我都沒有聽人提起到阿爾芒。相反地，瑪格麗特卻經常成為人們談論的對象。

我不知道您是否注意過這種現象：一個似乎與您素昧平生，至少您不聞不問的人，一旦在您面前提起了他的姓名，圍繞他的情況就逐漸紛至沓來，您會聽到所有朋友先前從未對您談論過的事情。於是您會發現，那個人似乎與您有關，還會發覺他曾多次走進您的生活，但卻沒有引起您的注意；您聽了別人所講述的事件，並從中發現和您的某些經歷有一種巧合、一種切切實實的關聯。然而，在瑪格麗特這件事情上，我看不盡相同，因為我見過她，與她相遇過，認識她的容貌，也了解她的習慣。可是，自從那次拍賣會之後，她的名字在我耳畔迴響的頻率就變得很頻繁。在我前一章所講述的情況中，這個名字牽連到一個人深沉的悲痛，這就使我更加驚訝，也激發出我更大的好奇心。

因為這個緣故，以前跟我的朋友們見面，我從未提起過瑪格麗特，現在總要問一聲：

「您認識一位名叫瑪格麗特・戈蒂埃的女子嗎？」

「是茶花女嗎？」

「正是。」

「非常熟悉！」

「非常熟悉」這幾個字，有時還伴隨著微笑，不容人對這句話的含意抱持任何的懷疑。

「那麼，那是個什麼樣的女孩呢？」

「一個好女孩。」

「沒有別的了？」

「我的上帝！有哇，比別的女孩聰明一些，也許心腸也好一些。」

「有關她的具體情況，您一點兒也不了解嗎？」

「她讓德・G男爵破產……。」

「只有這一件事？」

「她當過一位老公爵的情婦……。」

「她真的當過他的情婦嗎？」

「有人這樣講，不管怎樣，老公爵給了她很多錢。」

總是同樣籠統的情況。

然而，我特別想了解一點兒瑪格麗特和阿爾芒的關係。

有一天，我遇見了一個與那些名妓交往密切的人，便問他：

「您認識瑪格麗特．戈蒂埃嗎？」

我得到同樣的回答：「非常熟悉。」

「那個女孩怎麼樣？」

「是個美麗又善良的女孩。她去世了，讓我非常難過。」

「她是不是有個名叫阿爾芒．杜瓦爾的情人？」

「一個高個子的金髮青年？」

「對。」

「是有那麼一個人。」

「那位阿爾芒是個怎麼樣的人呢？」

「一個年輕人，想必是和她在一起，把他的錢財全吃光了，因此不得不與她分手。據說他為此發了瘋。」

「那麼瑪格麗特呢？」

「瑪格麗特也非常愛他，可以說一直愛著他，當然是那種女人所能給的愛了，總不能要求她們無法付出的東西。」

「阿爾芒後來怎麼樣了？」

「我一無所知，我們對他了解得很少。他與瑪格麗特一起生活了五、六個月，但是住在鄉下。瑪格麗特回到巴黎的時候，他已經離開了。」

「後來您就再也沒有見過他了嗎？」

「再也沒見過了。」

同樣，我也沒有再見到阿爾芒。我甚至這樣想，上次他登門求見的時候，瑪格麗特剛剛去世，他難免誇大了他的往日愛情，進而也誇大了他的痛苦；於是我又想，約定好再來看我的承諾，也許早已連同那死去的女孩，被他拋諸腦後。

在另外一個人身上，這種推測很有可能。然而，在阿爾芒的極度悲痛中，聲調、語氣很真摯，就這樣，我就從一個極端走上另一個極端，設想他憂鬱成疾，臥床不起，甚至可能還一命嗚呼，因而我也就失去了他的音訊。

我不由自主地關心起這名青年。這種關心，也許有些自私的成分；也或許我看出這種痛苦中有著一段動人的愛情故事。總之，我渴望了解這個故事，也許在很大的程度上，我擔心阿爾芒就這樣保持沉默。

既然杜瓦爾先生不來看我，那我就決定去看他。藉口不難找，只可惜我不知道他的住址。在我詢問過的人當中，也沒有人能告訴我。

我前往昂坦街，也許瑪格麗特的門房知道阿爾芒住在哪裡。換了一個新門房，他也和我一樣根本不清楚。於是，我又打聽到戈蒂埃小姐葬在哪塊墓地。她葬在蒙馬特爾公墓。

又到了四月份，天氣晴朗，墓園應該不像在冬景裡那般悲慘淒涼了。總之，天氣轉暖，在世的人也就想起了去世的人，並且去探望祂們。我前往墓地，邊走邊想：只要察看一下瑪格麗特的墳墓，我就能明白阿爾芒是否依舊悲痛，也許還能得知他的近況呢！

我走進公墓管理員的小屋，問他二月二十二日那天，是否有一位名叫瑪格麗特・戈蒂埃的女子，被安葬在蒙馬特爾公墓。

那人翻閱一本厚厚的冊子，那上面編號、登記了進入這塊最後安息地的人們，他回答我說，二月二十二日中午，確實安葬了一位叫這個名字的女人。

我麻煩他找個人帶領我去那座墳墓，只因這座死人城和活人城一樣，也有許多的街道。如果沒有嚮導的話，肯定會迷路。管理員叫來一名園丁，對他交代幾句必要的事項。而園丁則打斷管理員的話，說道：「我知道，我知道……唔！那座很容易辨認。」他朝我轉過身來接著說道。

「為什麼呢？」我又問他。

「因為獻給這座墓的鮮花，跟別座墓上的花就是不一樣。」

「是您照顧這座墓的嗎？」

「是的，先生，一個年輕人把它託付給我了，我真希望所有親人都像他那樣照顧死者。」

拐了幾個彎之後，園丁站住，對我說道：

「我們到了。」

果然，只見眼前用鮮花擺成了一個方塊，如果沒有一塊刻著死者姓名的白色大理石，絕對想不到那會是一座墳墓。

這塊大理石直立擺放著，買下的墓基圍了一圈鐵柵欄，上面覆蓋著白色山茶花。

「您看怎麼樣？」園丁問我。

「非常好看。」

「每次有哪朵山茶花枯萎了，我就按照吩咐換掉。」

「是誰吩咐您這麼做的？」

「是一個年輕人，他第一次來祭墓時哭成了淚人，大概是死者的一個舊情人吧！因為，這一位好像是個交際花，聽說她長得非常美。先生認識她嗎？」

「認識。」

「跟那一位一樣。」園丁對著我說，臉上還狡黠地微微一笑。

「不一樣，我從來沒有和她說過話。」

「但您還是來這裡看她，您的心地真好。要知道，來到墓地看這可憐女孩的人可不多呀！」

「怎麼，沒有人來過嗎？」

「沒有，只有那個年輕人來過一次。」

「只來過一次？」

「對，先生。」

「之後他再也沒有來過嗎？」

「沒有，不過，他一回來還是會來的。」

「那麼，他外出了？」

「對。」

「那您知道他去哪裡了嗎？」

「我想，他是去戈蒂埃小姐的姊姊家了。」

「他去那裡幹什麼？」

「他去請求人家允許他將死者遷墳，換到另一個地方。」

「葬在這裡好好的，為什麼要遷走呢？」

「您也知道，先生，大家對待死者，各人都有各人的想法。我們在這裡工作的人，天天看到這種情景。這塊墓地只買了五年的使用期，而那個年輕人想買下一塊永久墓地，面積要大一些，最好是在新區域。」

「您說的新區域，指的是什麼？」

「就是左邊那片正在出售的新墓地。假如公墓當初一開始，就一直像現在這樣子經營，那麼世上就不會有這樣一片墓地了。不過，要完全變成那樣子，還得做很多事情。再說了，人又都那麼奇怪。」

「您說的是什麼意思？」

「我是說，有些人到這裡來還擺臭架子。就拿戈蒂埃小姐來說吧！看樣子她在生活上是有點放蕩，請原諒我用這種字眼。現在呢！這個可憐的小姐已經過世了；但是，還有很多這樣的小姐，生前無可指責，也被葬在這裡，我們每天為她們墓上的花朵澆水；結果呢，葬在她旁邊的死者家屬，一得知她是什麼人，就反對把她葬在這裡。主張像對待窮人那樣，應當把她歸類，葬在專門的墓區。有誰見過這種事？我呀，一點也不客氣，統統反駁他們。他們之中，有些人是專靠年息維生的富人，他們一年到頭也來不到三四次。給死去的親人掃墓，自己帶花來，瞧瞧那是什麼花呀！他們考慮為他們所哀悼的人修墳，在墓碑上寫他們怎麼哀痛，卻從來不掉眼淚。就他們這種人，還來找葬在旁邊的死者麻煩。信不信由您，先生！我不認識這位小姐，也不曉得她做過什麼事。然而，我喜歡這個可憐的女孩，也儘量照顧她，給她的山茶花價錢最公道，這是我最愛的死者。先生，我們這些人啊！就只能愛死去的人，因為我們的工作太忙，幾乎沒有時間喜愛別的東西。」

我看著這個人，不須我解釋讀者們也會明白，當我聽他這麼講時，心裡會是多麼地激動。

他無疑也看出了我的反應，因而繼續說道：

「聽說有些人為了這個女孩搞到傾家蕩產，她有不少崇拜她的情人。可是我想啊！也沒有一個來為她買朵花，這實在讓人覺得奇怪，也讓人傷心。不過，她也沒有什麼好抱怨的，畢竟還有一個葬身之地。假如說只有一個人還記得她，那麼這個人所做的事也就代表了其他人。要知道，我們這裡還有一些苦命的女孩，身世相同、年齡也相仿，屍骨全扔進公共墓穴裡了，每次聽到她們可憐的屍體落地的聲響，我的心都要碎了。她們一旦死了，就再也沒人管啦！我們做這行的，有時不是那麼開心，尤其是我們還有一點天地良心。有什麼辦法呢？我也是無能為力。我有一個女兒，是個二十歲的大女孩了，長得很漂亮。每次拉來與她同年齡的女孩安葬時。我就想到自己的女兒，因此，拉來的不管是大家閨秀還是墮落女人，我都會忍不住傷心。

「真的，都講我自己的事，您一定聽煩了吧！您來這裡又不是要來聽我的故事的。本來是讓我帶領您到戈蒂埃小姐的墓地，這不就到了，我還能為您做點什麼事嗎？」

「您知道阿爾芒・杜瓦爾先生的住址嗎？」我問這位園丁。

「知道，他就住在……街，您所看到的這些鮮花，至少我是去那裡領錢的。」

「謝謝，我的朋友。」

我最後瞥了一眼這座擺滿鮮花的墳墓，不由自主地想探測其深度，瞧瞧泥土把丟在這裡的美麗女孩變成了什麼樣子。我滿腹憂傷地離去。

「先生您還想見見杜瓦爾先生吧？」走在我身邊的園丁又問道。

「對。」

「我問這一句，是因為肯定他還沒有回來。要不然，我早就在這裡看到他了。」

「看來您確信，他並沒有忘記瑪格麗特嗎？」

「我不僅確信，而且還敢打賭，他要為她遷墳，也只是渴望能再見她一面。」

「怎麼會這樣呢？」

「他來到墓地，對我說的頭一句話就是：『要怎麼做才能再見她一面呢？』只有遷墳才有可能辦到，於是我告訴他，要遷墳必須進行哪些手續。您也知道，要將死者從一座墳墓遷往另一座墳墓，就必須驗明正身，這件事，首先必須經過家屬的同意，還必須由一名警官現場指揮。杜瓦爾先生這趟去找戈蒂埃小姐的姊姊，就是要取得這種許可，而他一返回，肯定會先來我們這裡。」

我們走到了公墓門口。我再次感謝這名園丁，並把幾枚硬幣塞進他的手裡，然後就去找他給我的位址。

阿爾芒還沒有回來。

我給他家裡留下一張字條，請他一回到巴黎就去看我，或者派人通知我去哪裡與他會面。

第二天上午，我收到了阿爾芒的一封信，他告訴我他已經回來了，請我去他家裡，還說他因為疲勞過度而不能外出了。

第六章

我去看阿爾芒時，他正躺在床上。

他一見到是我，便向我伸出滾燙的手。

「您發燒了。」我對他說道。

「不要緊的，只不過路趕得太急，太累了。」

「您是從瑪格麗特姊姊家回來的吧？」

「對，是誰告訴您的？」

「反正我知道，您要辦的事辦好嗎？」

「也辦好了。可是，到底是誰告訴您，我這趟旅行和此行的目的的？」

「是公墓的園丁。」

「您去看了那座墳墓？」

我簡直不敢正面回答，因為，他說這句話的聲調向我表明，他仍然處於初次見面時，我所目睹的那種衝動中。每當他想到，或者別人的話把他引到這個痛斷肝腸的話題時，這種衝動還是會持續很長一段時間，難以控制他的意志。

因此，我只是點了點頭，充當回答。

「他盡力照顧了吧？」阿爾芒接著問道。

兩大顆淚珠順著面頰滾落下來，這位病人力圖掩飾，趕緊扭過頭去。我就佯裝沒看見，並且試著轉移話題。

「您離開有三個星期了。」我對他說道。

阿爾芒用手擦了擦眼睛，回答我說：

「整整三個星期。」

「您這次旅行時間真長。」

「唉！我也並不是一直都在路上，而是病倒了半個月，不然早就回來了。我剛到那裡就發高燒，不得不待在客房裡。」

「您病還沒有治好，就又上路了。」

「我在那個地方再多待一星期，就非死在那裡不可。」

「現在您既然回來了，就應該要好好養病，您的朋友們會來看您。如果您允許的話，我會第一個過來。」

「再過兩小時，我就起來。」

「您太冒失啦！」

「我有這個必要。」

「什麼事這麼急著辦啊？」

「我必須去見警官。」

「您的病情會加重的，為什麼不委託別人去跑警察局呢？」

「只有辦妥這件事，才能治好我的病。我必須得見到她。我在獲悉她的死訊之後，尤其在見到她的墳墓以後，就再也不能入睡了。我實在無法想像，那麼年輕、那麼美麗的一名女子，在跟我分手之後她就死了，我必須親自證實之後才能相信。我一定得親眼看看，上帝把我深愛的人變成什麼樣子了，看了之後產生的厭惡，也許會取代悲慟欲絕的回憶。您會陪我去的，對不對？……如果您不嫌麻煩的話。」

「她姊姊對您說了什麼？」

「沒說什麼。她好像非常驚訝：一個陌生人居然願意買塊墓地，為瑪格麗特建個新墳。當下她就在許可證上簽名了。」

「請相信我，等您病好了，再去辦遷墳的事吧！」

「唉！我會堅強起來的，請放心吧！況且，這件事已經成了我的心病，如果不能盡快辦好，我非得發瘋不可。我向您保證，只有見到瑪格麗特，我的心情才能平靜下來。這也許是煎熬我發燒的一種焦渴、令我輾轉難眠的一種夢想、是我的精神妄想的一種後果。哪怕看到她之後，我會成為像德．朗塞[①]先生那樣的苦修士，我也心甘情願。」

「這我能理解，」我對阿爾芒說道，「要我做什麼您儘管吩咐。您見到朱麗．杜普拉了嗎？」

「見到了。唔！上次我回來的當天就見過她了。」

「瑪格麗特放在她那裡的日記，她轉交給您了嗎？」

「就在這裡呢！」

阿爾芒從枕頭下面抽出一卷紙張，隨即又放了回去。

「這些日記，我都記在心裡了，」他對我說道，「這三周以來，我每天要看上十遍。您也看一看，但是要晚一點，等我的心情更平靜一些，等我能夠讓您理解這份自白所揭示的全部心聲和愛情。

「現在，我要請您先幫個忙。」

「什麼事情？」

「您有一輛馬車停在下面吧？」

「對。」

「那好，您拿著我的護照，去郵局的郵件待領處，看看有沒有我的信件好嗎？我的父親和妹妹，一定為我寫信到巴黎來了。上次我走得十分匆忙，臨走前沒有時間前去詢問。等您回來，我們再一道去見警官，安排明天的儀式。」

阿爾芒將護照交給我，我便前往讓－雅克－盧梭街。

有兩封寄給杜瓦爾的信，我領取了便回來。

我回到屋裡一看，阿爾芒已經穿戴好，準備出門了。

「多謝了，」他接過信時對我說道，「沒錯，」他看了信的地址，又補充說，「沒錯，是我父親和妹妹寫來的。沒有得到我的消息，他們一定感到十分納悶。」

他打開信，一目十行，不是用看的而是用猜測。每封信有四頁之多，轉瞬間便又重新摺起來。

「我們走吧，」他對我說道，「明天我再來回信。」

我們到了警察分局，阿爾芒將瑪格麗特姊姊的委託書交給警官。

警官看了委託書，就給他要交給公墓管理人的通知書。約定次日上午十點開始遷墳，我會提前一小時去接他，然後一起去公墓。

出於好奇心，同樣想看看這種場面，我得承認我一夜睡不著覺。

①·勒布帶利埃·德·朗塞（一六二六－一七〇〇）：他是個大領主，早年生活放蕩，在他的情婦德·蒙巴宗公爵夫人過世後，他便皈依宗教，創立緘口苦修會。

連我都思緒萬千了，可以想見，這一夜對阿爾芒而言，該是多麼漫長了。

次日上午九點，我去到他的住處，看見他的那張臉毫無血色，但是表情還挺平靜的。

他朝著我微笑，還向我伸出手來。

他的那些蠟燭全用完了。阿爾芒拿著厚厚一封信，他在寫給父親的信中，肯定透露了他這一夜的感受。

馬車行駛了半小時，我們就抵達蒙馬特爾。

警官已經在那裡等候。

大家朝瑪格麗特的墳墓走去。警官走在前頭，阿爾芒和我一起隔了幾步跟在後面。

我不時感覺到我同伴的手臂抖動，就好像他的全身猛然一陣顫抖，於是我就看一看他。他明白我的眼神，便對著我微微一笑。不過，自從我們走出他的家門以後，就一句話也沒有講過。

快要到達那座墳墓的時候，阿爾芒站住，擦了擦滿頭豆大的汗珠。

我也乘機停下來喘口氣，因為，我的心一陣又一陣緊張，彷彿被老虎鉗子夾住似的。

樂意觀看這種場景，怎麼又會有痛苦的感受啊！我們走到墳墓前的時候，園丁已經撤走花盆，鐵柵欄也拆除了，有兩個人正在刨土。

阿爾芒倚靠在一棵樹上，兩眼凝視著。

他的雙眼似乎凝聚了他的整個生命。

突然，噹啷一聲，有一把鎬刨到了石頭。

聽到這一個聲響，阿爾芒好像觸了電一般，身子往後一縮，還狠狠抓住我的手，握得我發疼。

一名掘墓人操著一把大鐵鍬，一點一點將墓穴挖空，等到當中只剩下棺木上的石板蓋時，他又一塊一塊地扔出來。

我注意觀察阿爾芒，怕他過於緊張，突然昏倒。不過，他兩眼圓睜，一直在定睛凝視，就像處於瘋癲的狀態；他的面頰和嘴唇微微抽搐，表明他的神經到了極限，就要劇烈發作了。

至於我，所能講的只有一件事，就是我後悔不該前來。

等到棺木完全暴露出來了，警官就對掘墓人說：

「開棺。」

掘墓人遵命，好像這是世間最尋常的事。

棺材是橡木製的，他們擰鬆棺蓋上面的螺絲釘。因為泥土潮濕，螺絲釘生了鏽，好不容易才掀開棺蓋。儘管周圍長滿了芳香的花草，還是有一股惡臭直衝出來。

「噢！我的上帝！我的上帝！」阿爾芒自言自語，他的臉色更加蒼白了。

掘墓人也都往後退。

一塊寬幅的裹屍布蓋住屍體，顯露出幾道曲線。裹屍布下端完全腐爛，露出死者的一隻腳。

我簡直快要暈過去了，就在此刻我寫這幾行文字的時候，這情景還真真切切地浮現在我的眼前。

「快點做吧！」警官說道。

於是，一個掘墓人伸出手，開始拆線，他抓住裹屍布的一角，突然一掀，暴露出瑪格麗特的臉龐。

看著真是慘不忍睹，現在講來也覺得毛骨悚然。

那眼睛只剩下兩個洞，嘴唇已經爛掉了，兩排白牙齒緊緊咬在一起。乾枯的黑色長髮貼在太陽穴上，稍微遮掩了塌下去的發綠臉頰。然而，在這張臉上，我還是辨認出我以前常見，那張白裡透紅的歡喜面容。

阿爾芒愣愣地注視著這張臉，無法移開目光，只是咬著送到嘴邊的手帕。

我卻有一種異樣的感覺：我的頭被一隻鐵環緊緊箍住，眼睛也被一條面紗覆蓋，耳朵嗡嗡作響。我所能做的，也僅僅是打開偶然隨身攜帶的一隻小瓶，猛力吸著瓶裡裝的嗅鹽。

處於這種頭暈目眩的狀態，我忽然聽見警官對杜瓦爾先生說道：

「您看人對嗎？」

「對。」年輕人聲音低沉地答道。

「那就合棺，抬走。」警官吩咐道。

掘墓工放下裹屍布，將死者的臉蓋住，又合上棺木，每個人抬起一端，向指定的地點走去。

阿爾芒沒有動彈。他的眼睛還在凝視那個空空的墓穴，臉色灰白，猶如我們剛剛見到的死屍……

他簡直像化為了一尊雕像。

我了解一旦目睹之物被移走，他的痛苦減輕下來，不能再支撐他時，會出現什麼樣的情況。

我走到警官跟前，指著阿爾芒問他：

「這位先生還有必要在場嗎？」

「不必了，」警官回答我，「我甚至還要建議您，趕緊把他帶走，看樣子他生病了。」

「走吧。」我說著，就挽起阿爾芒的手臂。

「什麼？」他看著我說道，彷彿不認得我了。

「事情結束了，」我又補充道，「您也該走了，我的朋友，您的臉色這麼蒼白，身體也發冷。再這麼激動下去，您會沒命的。」

「您說得對，我們走吧！」他機械地回答，卻沒有邁開腳步。

於是，我就抓起他的胳膊，把他拖走。

他像個小孩子般，任由人帶著，只是嘴裡不時咕噥一句：

「您看見那雙眼睛了吧？」

他轉過身去，猶如受到那種幻象的呼喚。

這時候，他的步伐失去平穩，踉蹌地向前移動，他的牙齒也咯咯打顫，兩隻手冰涼，全身神經質地猛烈顫抖。

我跟他說話，他也不應聲。

他所能做的，也只是任由我帶走。

走到公墓門口，我們就叫到一輛馬車。真的是不能再耽誤了。

他剛一坐上車，就渾身發抖得更加厲害，名副其實的神經發作；不過，他擔心嚇著我，還是用力握住我的手，低聲說道：

「沒什麼，沒什麼，我只想痛哭一場。」

我聽見他胸脯起伏的聲音，看到他的雙眼紅紅的，但是還沒有湧出淚水。

我讓他嗅聞剛才我用來救急的小鹽瓶。當我們到達他家時，他只有渾身顫抖還表現得很明顯。

我讓僕人協助，扶著他上床躺下，在房間生起一爐旺火，然後又跑去請醫生，並向他講述剛才發生的情況。

醫生趕來了。

阿爾芒臉色發紫，頭腦已經糊塗了，結結巴巴地胡言亂語，唯獨只有瑪格麗特的名字還清晰可辨。

等醫生診斷完了，我便問道：「怎麼樣？」

「是這樣。他罹患的是腦炎，算他幸運。上帝寬恕我這麼講，因為照我看，他本來會發瘋的！幸好肉體的病痛會消除精神的病痛，過一個月，他的兩種病也許就全好了。」

第七章

阿爾芒所患的病症，還有這樣的一種好處：人如果沒有馬上斃命，很快就會痊癒。

在上述事件發生的兩周後，阿爾芒的身體就完全康復了，我們也結下了親密的友誼。在他生病的期間，自始至終，我幾乎都沒有離開過他的房間。

春天已經散播滿目的鮮花、綠葉，散播四處的鳥兒和歌聲。我朋友朝向花園的窗戶歡快地打開，而花園清新的氣息一直飄升到他的面前。

醫生已經准許他下床。從中午到下午兩點，是陽光最暖和的時刻，我們經常坐在敞開的窗口前聊天。

我特別留意，絕口不提瑪格麗特，總擔心病人的平靜是表象，這個名字會再喚醒他的傷心回憶。然而，阿爾芒則相反，似乎很樂意談論她，不再像從前那樣，一說到就眼淚汪汪，而現在卻面帶甜甜的微笑，他的這種精神狀態讓我放下心來。

我早就注意到一個情況，自從上次去公墓，他見了那個場景突然發病之後，他那精神上痛苦的容忍度，似乎全被病痛填滿了，他也不再用從前的眼光看待瑪格麗特的死了。眼見為憑，這反倒產生了一種安慰的效果。而為了驅逐時常浮現在眼前的淒慘形象，他就沉浸到與瑪格麗特交往時的幸福回憶中，彷彿再也不願意接受別種回憶了。

即使高燒退了，身體仍然十分虛弱，精神上也不能過於激動。阿爾芒沐浴在大自然歡欣的春意中，他也就不由自主地想一些歡樂的景象。

這場險些不治的大病，他執意不肯告訴家裡，一直到病癒，他的父親都還一無所知。

某一天傍晚，我們在窗口停留的時間比往常久一些。天氣晴朗，夕陽沉睡在蔚藍色金光燦爛的霞光中。雖然我們身處於巴黎市區，但是周圍草木青翠，真有種與世隔絕的感受，只有隱約傳來的馬車聲，不時打擾我們的談話。

「那年，差不多也是這個季節，也是在這樣的一個傍晚，我認識了瑪格麗特。」阿爾芒悠悠地說道，他只顧聽自己的心聲，而不聽我對他講的話。

我沒有應聲。

於是，他轉過身來，對我說道：

「真的，這段經歷，我應該說給您聽聽。您可以把它寫成一本書，別人不相信沒關係，不過，寫起來也許滿有意思的。」

「過一陣您再講給我聽吧，」我對他說道，「您還沒有完全康復呢！」

「今天晚上天氣挺暖和的，我又吃了雞胸肉，」他對我微笑道，「而且，我也不發燒了，既然我們無事可做，那我就全部告訴您。」

「那好，您非講不可，那我就洗耳恭聽了。」

「這段經歷十分簡單，我就按照事情的前後順序向您敘述。您聽了之後要寫什麼，換不換敘述方式就隨便您了。」

下面就是他所講述的內容，而這個感人的故事，我原原本本地記錄下來，只改動了幾個字。

（阿爾芒把頭仰在扶手椅靠背上，便講述了起來：）

是的，是的，就像在這樣的一個夜晚！白天，我和一位朋友加斯東一起在鄉下待了一整天，晚上回到巴黎無事可做，我們就去了雜耍劇院。

在一次幕間休息時，我們離開包廂來到走廊，看見一位身材修長的女子走過，我的朋友還向她問候一聲。

「您問候的那位是誰呀？」我問道。

「瑪格麗特・戈蒂埃。」他回答我說。

「我覺得她變化很大，一下子沒有認出來。」我說話有一點激動，等一會您就會明白是什麼緣故。

「她生病了，這位可憐的女孩將不久於人世。」

這話讓我記憶猶新，就好像是昨天才聽到一樣。

要知道，我的朋友，兩年來我每次遇到這個女孩，都會產生一種奇異的反應。也不知道是什麼緣故，我會面無血色，心臟怦怦地劇烈跳動。我的一位朋友懂得秘術，稱呼我的感覺是「流體的親和性」。而我倒認為沒有那麼玄虛，我只是命中註定要愛上瑪格麗特，我有這一種預感。

不管怎麼說吧！她使我產生的反應是實實在在的，我的好幾位朋友都看出來，當他們認清我的這種反應從何而來時，便會大笑不止。

我第一次見到她，是在交易所廣場的蘇斯時裝店[1]門口。一輛敞篷四輪馬車停在那裡，一位身穿白衣裙的女子從車上下來。她一走進商店，便引起人們的嘖嘖讚嘆。而我卻愣住了，從她走進商店直到走出來，我就始終呆立在原地，只是隔著櫥窗望著她挑選要買的物品。我本來可以走進商店，可是卻害怕不前。我不認識那位女子，唯恐她看出我走進店裡的用意，會覺得受到冒犯。然而錯過這次機會，我認為不可能再見到她了。她的衣著打扮十分素雅，身穿一件鑲滿褶皺花邊的細布連衣裙，披一條金線繡花的印度綢方巾，頭戴一頂義大利草帽，只有一隻手腕上戴著手鐲，是當時開始流行的一條粗金鏈鐲。

她又上車離去了。

一名店員站在門口，目送那位光豔照人的女顧客乘車駛離。我走上前去，向店員打聽那位女子的姓名。

「她是瑪格麗特·戈蒂埃小姐。」

我不便冒昧向他打聽住址，也就離開了那裡。

我頭腦裡產生過許多幻象，然而這次則不一樣，那個倩影真真切切，令我念念不忘，到處在尋找那名身穿白衣裙的絕色女子。

又過了幾天，巴黎喜歌劇院舉行一場盛大的演出。我前去觀賞，看到的第一個人就是瑪格麗特·戈蒂埃，只見她坐在側面樓座的包廂裡。

與我一同去觀賞演出的那個青年也認出了她，向我道出了她的姓名，說道：

「您看啊，那位美麗的女孩！」

這時，瑪格麗特的目光也瞥向我們這邊，她看見我的朋友，便朝著他微微一笑，還示意他過去看望她。

①·蘇斯時裝店：十九世紀巴黎著名的婦女時裝店。

「我去問候她一聲就回來。」我的朋友對我說道。

我卻不由自主地對他說：

「您可真幸運啊！」

「有什麼幸運的？」

「你[②]能去看望那位女士啊！」

「怎麼，您愛上她啦？」

「哪裡，」我真不知道這話該怎麼接，便臉一紅說道，「不過，我倒是很希望認識她。」

「那就跟我來吧！我幫您引見。」

「您還是先徵求她的允許吧！」

「嘿！不必，跟她用不著這麼拘謹。走吧！」

他這樣講令我心裡很難受。我惴惴不安，真怕證實了瑪格麗特配不上我對她所產生的感情。

阿爾封斯．卡爾[③]在一部題為《煙霧》的小說中寫道，一個男子遇到一個非常漂亮的女子，一見鍾情，覺得她長得太美了，每天晚上他都尾隨人家。為了能親吻她的手，他感到有做任何事情的力量，有征服一切的意志，也有敢冒任何危險的勇氣。她怕弄髒而撩起裙襬，露出那迷人的小腿，他卻幾乎不敢看上一眼。當他正在胡思亂想，不惜一切要擁有那個女子時，忽然在街角，那女子攔住他，問他是否願意到她家去。

他掉頭走開，穿過街道，神情沮喪地回到家中。

我想起了這部風俗研究小說。本來，我就甘願為這個女子受苦，反倒擔心她太過草率地接受我，過於匆忙地給予我打算長期等待，或者準備付出巨大犧牲才能得到的愛情。我們這些男人就是這樣，總喜歡沉溺於感官幻想的想像，並把心靈夢想置於身體欲望之上。

總而言之，如果有人對我說：「今晚您能得到這個女人，可是明天您會被人殺死」，這個我可以接受。然而，如果有人對我說：「付出十枚路易金幣④，您就可以當她的情夫」，這個我一定會拒絕，而且會像一個夜裡夢見城堡，醒來一看全消失了的孩子那般哭泣。

不過，我還是想和她認識，我如果想知道該以什麼態度對待她，這就是一個方法，甚至還是唯一的方法。

於是，我就對我的朋友說，務必請她允許將我引見給她。我在走廊裡徘徊，想著我馬上就要見到她了，但我還不知道在她的目光下應該採取什麼姿態。我儘量事先想好要對她講什麼話。

愛情，是多麼高尚的幼稚行為！

②．法語中的「你」只用於稱呼親人或很親的熟人，「您」則用來稱呼普通朋友、不熟的人，甚至於下人。
③．阿爾封斯．卡爾（一八〇八－一八九〇）：法國作家、文學評論家，尤其擅長幽默作品，代表作為《在椴樹下》（一八三二）、《周遊我家花園》（一八四五）。他在《胡蜂》雜誌發表一系列抨擊路易．波拿巴的文章。
④．路易金幣：法國以前使用的貨幣，值二十法郎。

不一會工夫，我的朋友又下樓來。

「她在等我們！」他對我說道。

「她單獨一個人嗎？」我問道。

「還有一個女伴。」

「沒有男士嗎？」

「沒有。」

「那我們走吧！」

我的朋友朝劇院門口走去。

「哎！不是去那裡。」我對他說道。

「我們去買糖果，她跟我要的。」

我們走進劇院這條街的一家糖果店。

我恨不得將整間糖果店都買下來，我還在看要用什麼裝滿袋子時，卻聽我的朋友叫道：

「一斤糖漬葡萄。」

「您知道她喜歡吃嗎？」

「她從來不吃別的糖果，所有人都知道。」

「唔！」我們走出糖果店之後，他又接著說道，「您知道我要把您引見給什麼樣的女人嗎？您不要想像是引見給一位公爵夫人，她不過是一名讓人供養的女人，完全靠人供養。我親愛的，因此您不必拘束，想說什麼就說什麼吧！」

「好吧，好吧！」我結結巴巴地答道。我跟隨他走去，心想我會打消自己的這種衝動。

當我走進包廂裡時，聽見瑪格麗特正在哈哈大笑。

我倒希望看見她是滿面愁容。

朋友將我介紹給她，瑪格麗特朝向我微微點了點頭，隨即問道：

「我的糖果呢？」

「買來了。」

她一邊吃一邊注視著我。我臉紅了起來，垂下眼瞼。

她俯過身去，對著女伴的耳朵悄聲地講了幾句話，兩個人便哈哈大笑起來。

毫無疑問地，我是她們取笑的對象，也因此我的窘態倍增。在那段時間，我有一個情婦，是一名普通市民家的女孩，人極為溫柔、多愁善感，她所表達的情感與憂傷風格的書信，總是引我發笑。現在通過親身感受到的痛苦，我明白了當時給她造成了多大的傷害。我對她的愛，在足足五分鐘的時間裡，達到了一個男人愛一個女人前所未有的程度。

瑪格麗特只顧著吃糖漬葡萄，不再理睬我。

我的引見者不願讓我處於這種尷尬狀態。

「瑪格麗特，」他說道，「杜瓦爾先生一句話也沒有對您講，您不要見怪，只因為您搞得他神魂顛倒，一句話也想不起來了。」

「我倒是認為，這位先生陪您來這裡，只因為您怕一個人來感到無聊。」

「假如情況是這樣，」我也開口說道，「我就不會拜託加斯東先來請您准許引見我了。」

「也許，這只是一種手法，推延逃避不了的時刻罷了！」

只要跟瑪格麗特這類女孩稍微打過交道的人，就知道她們愛胡亂開玩笑，喜歡戲弄她們初次見面的人。這無疑是一種報復行為，報復她們往往被迫受到每天見面的男人侮辱。

因此要回敬她們，就必須掌握她們圈子的某種習慣，而我恰恰沒有這種習慣。再說，我對瑪格麗特先入為主的看法，就更誇大了她這些玩笑話的份量。這個女人的一言一行，我都無法漠然以對。於是我站起身，以無法完全掩飾的變調聲音，對她說道：

「如果您是這樣看待我的，夫人，那我也就只能請您原諒我的冒昧，這就告辭，並向您保證不會再有第二次。」

說罷，我行了個禮便出去了。

我剛關上包廂的門，就聽見第三次哄堂大笑聲。我真希望這時候有人來撞我一下。

我回到自己的座位上。

舞臺上幾道響聲，演出開始。

加斯東回到我的身邊。

「您也太沉不住氣啦！」他坐下來對我說道，「她們還以為您瘋了呢！」

「我離開之後，瑪格麗特她說了什麼？」

「她笑了一陣子，還明白對我說，她從未見過像您這樣的怪人。不過，您也不必認輸。但是有一點，對這些女孩，您不要太當一回事，那麼認真地看待。她們不懂得什麼是高雅，什麼是禮貌。就像對待狗，給牠們灑香水，牠們還嫌難聞，跑到水溝裡去打滾。」

「說到底，這跟我又有什麼關係？」我儘量用一種無所謂的聲調說道，「我再也不想見到這個女人了。如果說我在認識她之前滿喜歡她的，那麼在認識到她之後，現在情況完全改變了。」

「哎！遲早某天我會看到您坐在她的包廂，聽說您為她傾家蕩產了。當然，您這樣也有道理，她是沒有教養，不過那也值得，她可是個漂亮的情婦。」

幸虧布幕拉開了，我的朋友才住口。要我說舞臺上演的是什麼，我可說不上來，只記得我不時抬頭，望向我方才突然離開的那間包廂，看見那裡隨時變換著新面孔。

然而，我根本無法不去想瑪格麗特，整個心又被另外一種情感所占據。我覺得她的侮辱和我的可笑，都應該要統統忘掉。心想哪怕會花掉我所有錢財，也要得到這個女孩，我要理直氣壯地占據剛才我那麼匆忙就放棄的位置。

戲還沒有散場，瑪格麗特和她的女友就離開了包廂。

我不由自主也離開座位。

「您要走了嗎？」加斯東問我。

「對。」

「為什麼？」

這時候，他發現那間包廂已經空無一人了。

「去吧，去吧，」他說道，「祝您好運，還不如說，祝您運氣更好。」

我走出大廳。

我聽見樓梯上有衣裙的窸窣聲和談話聲，急忙閃避到旁邊，看見兩個女子由兩名青年陪同走過去。

在劇院前面的柱廊下，一名年輕僕人上前聽命。

「告訴車夫，去英國咖啡館⑤門口等候，」瑪格麗特吩咐道，「我們要步行去那裡。」

幾分鐘之後，我在大馬路上遊蕩，看見瑪格麗特正在那家飯店一間大雅間的窗前，倚靠在欄杆上，一瓣一瓣地摘下手中拿的那束山茶花花瓣。兩個青年中的一個正俯向她的肩膀，對她竊竊私語。

我走進黃金屋咖啡館，走上二樓的大廳就座，眼睛始終盯著那扇窗戶。

到了凌晨一點鐘，瑪格麗特跟她的三位朋友又上了馬車。

我叫了一輛輕便馬車，在後面跟隨。

前面那輛馬車停在昂坦街九號。

瑪格麗特走下車，獨自一人走進家門。

這種情況無疑是偶然的，但是這個偶然情況卻令我深感欣慰。

自從那天起，我就經常在劇院、在香榭麗舍大道遇見瑪格麗特。她總是那麼的快樂，而我也總是感到激動不已。

然而，一連過了半個月，我在哪裡都沒有再見過她。我和加斯東在一起的時候，便向他打聽了消息。

「那可憐的女孩病得很厲害啊！」他回答我說。

「她得了什麼病？」

「本來她就有肺病，而過那種生活又不利於調養，結果現在臥床不起，人快要死了。」

⑤．英國咖啡館：英國咖啡館和黃金屋咖啡館，都是十九世紀巴黎最時髦的咖啡館，位於義大利人大街。英國咖啡館於一八二二年開業，有二十二個單間和雅座，其中最有名的是十六號大雅間。

人心真的是很奇怪：聽說她病倒了，我反倒有幾分高興。

每天我都會去探問她的病情，但是我既不報上姓名，也不留下名片。就這樣，得知她開始康復，要動身前往巴涅爾療養了。

這種邂逅，還稱不上是回憶，隨著時間的流逝，我的腦海裡她給我印象就逐漸淡漠了。我又外出旅行，建立了許多關係，養成各種習慣以及工作，這些都取代了當初的念頭。再回想起那次邂逅，就會認為那只不過是一時的衝動，人年輕的時候總難免如此，過了不久便會一笑置之了。

再說，要抹去這段記憶，也不是什麼困難的事，因為自從瑪格麗特離開之後，我就再也沒有見過她的蹤影。正如我前面所講述的那樣，當她在雜耍劇院從我身邊走過時，我都沒有認出她來。

沒有錯，她是戴著面紗；但如果在兩年前，無論她戴著什麼樣的面紗，我不必看也能認得出她來，猜我也能猜出來。

儘管如此，當我知道她就是瑪格麗特的時候，這顆心還是開始怦然跳動。整整兩年沒有見到她，而這種許久不見所產生的疏離，彷彿一看到她衣衫的剎那間就煙消雲散了。

第八章

阿爾芒停頓了一下，又緊接著說下去：

我當下就明白我仍然還愛她，然而也感覺自己比過去更堅強了。我渴望能再見到瑪格麗特，同時也抱持著一種念頭：想讓她看到我變得比她更強大了。

要達到這個心願，必須走多少的路，找出多少理由啊！

因此，我不能在走廊裡逗留，回到大廳的座位，迅速掃視一眼劇院，想看看她在哪一個包廂裡頭。

她獨自一人，坐在樓下舞臺側面的包廂裡。我對您講過，她的樣子變了，嘴唇上再也見不到那種毫不在乎的微笑了。她經歷了病痛，現在還承受著折磨。

雖然已是四月份了，她還像冬季那樣，全身穿著絲絨衣裙。

我定睛凝視著她，終於吸引來她的目光。

她專心凝望了我好一會，又拿起了觀劇望遠鏡，以便看得更清楚些。似乎有認出我來，但又不能確切說出我是誰，因為當她放下觀劇鏡的時候，嘴唇泛起了一絲微笑，那是女人用來打招呼的迷人微笑，好像答覆她期待著我的致意。然而，我完全沒有回禮，彷彿自己有權用目光追尋她似的，等她回想起我時，我似乎將她拋諸腦後了。

她以為認錯了人，便轉過頭去。

布幕拉開了。

我在劇院裡看過瑪格麗特好幾次，但是從沒見過她有稍微留意舞臺上的演出。

至於我呢！對演出也不太感興趣，只一心一意地想著她，但又竭盡全力不想讓她看出來。

我看見她朝著對面包廂裡的人交換眼色，於是，我又轉頭看向那個包廂，認出那是我相當熟悉的一個女人。

那個女人從前當過別人的情婦，後來想進劇團卻未能如願，便依靠著和巴黎時尚女士的關係，從商開了一家時裝店。

我在她身上找到與瑪格麗特會面的途徑，並且抓住她朝我這邊看的機會，用手勢和眼色向她問好。

果然不出我所料，她招呼我去她的包廂。

這個時裝店老闆娘有個討喜的名字，叫做普呂當絲・杜韋爾努瓦[1]。向她這種四十多歲的胖女人打聽事情，用不著拐彎抹角，想了解什麼就直接問，尤其我想問她的是相常簡單的事情。

我抓住她跟瑪格麗特又在傳信號的時機，當下詢問她：

「您在注視誰呀？」

「瑪格麗特・戈蒂埃。」

「您認識她嗎？」

「認識。我是她的時裝供應商，而她是我的鄰居。」

「那麼您住在昂坦大街嗎？」

「住在那條大街的七號，我們的梳妝室窗戶正好相對著。」

「聽說她是個迷人的女孩。」

「您不認識她嗎？」

「不認識，但我很希望能認識她。」

「我讓她到我們的包廂裡來，您看好不好？」

「不好，我還是喜歡您把我引見給她。」

①・「普呂當絲」在法文中有「謹慎」的意思，因此說它「討喜」。

「去她家裡嗎？」

「對。」

「這就難辦了。」

「為什麼？」

「因為，保護她的那位老公爵，嫉妒心特別強。」

「『保護』這個詞很微妙。」

「對，保護，」普呂當絲重複說道，「可憐的老人家，當她的情夫真夠為難他了。」

於是普呂當絲向我敘述，瑪格麗特是如何在巴涅爾認識公爵的。

「正因為如此，」我接著問道，「她才一個人來看戲的嗎？」

「正是這個緣故。」

「那麼，誰送她回去呢？」

「老公爵呀！」

「怎麼，他來接她嗎？」

「過一會就來了。」

「您呢，誰送您回家？」

「沒有人送我。」

「我願意陪您。」

「可是，想必您還有個朋友。」

「那麼我們願意陪您。」

「您的朋友是個什麼樣的人？」

「一個可愛的小夥子，為人十分的風趣，他會非常高興認識您的。」

「那就一言為定了，等這齣戲演完，我們就三個人②一起走。因為，最後一齣戲我很熟悉。」

「好吧，我去告訴我的朋友一聲。」

「去吧！」

「哦！」當我正要出去之際，普呂當絲又對我說道，「看，公爵走進瑪格麗特的包廂了。」

我的目光投過去。

果然，一個七十歲的男人，剛剛才在那名年輕女子的身後坐下，遞給她一袋糖果。她笑吟吟的，立即抓起了一把，又把袋子舉到包廂前面，向普呂當絲示意，大概是問她：

「您要不要？」

②．法文原文為「四個人」，疑似有誤，現在按文意改為「三個人」。

「不要。」普呂當絲搖手回答。

瑪格麗特收回糖果袋，轉過身開始和公爵說話。

講述所有這些小細節，未免有點孩子氣。但是，關係這個女孩的一切，無不鮮明地刻畫在我的記憶裡，如今我都不由自主地回想起來。

我下樓來告訴加斯東，剛剛為我們二人做了什麼安排。

他接受了。

我們離開座位，上樓到杜韋爾努瓦太太的包廂。

我們剛打開樓下大廳的門，就不得不站住，讓離場的瑪格麗特和公爵先過去。

我情願用我十年的壽命，來換取這位老先生的位置。

公爵帶著瑪格麗特來到大街上，扶她登上四輪敞篷馬車，由他親自駕車，趕著兩匹駿馬小跑步駛離了。

我們走進普呂當絲的包廂。

這齣戲演完後，我們就走下樓，到街上叫了一輛普通出租馬車，開到昂坦街七號。普呂當絲在家門口邀請我們上樓，好讓我們開開眼界，看看那些她覺得十分得意的貨物。您可以想像得到，我是多麼痛快地接受了她的邀請。

我感到自己正一步一步接近瑪格麗特，很快地就把話題拉到她的身上。

「老公爵正在您的鄰居家嗎？」我問普呂當絲。

「不在，家裡大概只有她一個人。」

「那她不是會很寂寞嗎！」加斯東說道。

「每天晚上，我們差不多都一起度過，她即使出門，一回來也叫我過去。不到凌晨兩點，她從來不上床睡覺。就算早上床她也睡不著。」

「為什麼？」

「因為她患有肺病，幾乎總是在發燒。」

「她沒有情人嗎？」我問道。

「我每次離開她家時，從來沒有見過有誰留下來。當然，我也不能擔保在我離開之後，沒有人會去。晚上我在她家時，時常會遇見一位德・N伯爵。他以為她要多少珠寶首飾就給她多少、晚上十一點去拜訪她，就能贏得人家的歡心，可是瑪格麗特卻很討厭看見他。其實她不應該這樣，那個青年非常富有。我時常會勸她：『我親愛的孩子，這正是您需要的男人！』但是勸了也是白勸。平常她還能聽進去我的話，可是一提到這件事，她就轉過身去，回答我說他太笨了。就算他笨吧！這點我同意。可是跟了人家，她總算是有個身份。至於老公爵呢，早晚有一天是要死掉的。那些老傢伙都很自私、公爵家裡的人又一直指責他迷戀瑪格麗特，就因為這兩條原因，他死了什麼也不會給她留下。我這樣苦口婆心，她就回答我說，等公爵死了，再接受伯爵也不遲啊！」

「照她那樣子生活，」普呂當絲繼續說道，「並不總是那麼有意思的。我就很清楚，我過不了那種生活，肯定很快就會把老人家打發走。那老傢伙也實在無趣，叫她女兒，像對待孩子那樣照顧她，還一直在監視她。我敢說此時此刻，他的僕人一定正在街上徘徊，好看著什麼人從她家裡出來，特別是有什麼人進去。」

「唉！這個可憐的瑪格麗特！」加斯東感嘆一聲，便坐在鋼琴前，彈起一支華爾滋舞曲。「這情況我還不知道，不過我看得出來，最近她不像從前那麼快樂了。」

「噓！」普呂當絲說著，便側耳傾聽。

加斯東也停止彈琴。

「我想，她是在叫我。」

我們也屏息傾聽。

果然，有個聲音正在呼喚普呂當絲。

「好了，先生們，你們請便吧！」杜韋爾努瓦太太對我們說道。

「嘿！您是這樣待客的呀！」加斯東笑道，「我們想走自然會走的。」

「我們為什麼一定要走呢？」

「我要去瑪格麗特那裡。」

「我們就在這裡等著好了。」

「這可不行。」

「那我們跟您一起去。」

「那更不行了。」

「我也認識瑪格麗特，」加斯東說道，「我當然可以去拜訪她。」

「可是，阿爾芒不認識啊！」

「由我來引見嘛！」

「這可不行。」

我們再次聽見瑪格麗特的聲音，她一直在呼喚普呂當絲。

普呂當絲趕緊跑進梳妝室，我和加斯東也跟了進去。她打開窗戶，我們躲起來，不讓外面的人看到。

「我叫您有十分鐘了。」瑪格麗特口吻有點專橫，從她的窗口說道。

「您叫我做什麼？」

「我要您馬上過來。」

「為什麼？」

「因為德·N伯爵還在這裡，他快煩死我了。」

「我現在過不去呀！」

「有誰絆住您啦？」

「我這裡有兩個年輕人，他們不願意走。」

「您就對他們說，您必須出門了。」

「我對他們說了。」

「那好，就讓他們待在您家吧！等您出門之後，他們也就會走了。」

「等他們把我這裡搞得亂七八糟！」

「那他們到底想幹什麼呀？」

「他們要見您啊！」

「他們叫什麼名字？」

「有一個您認識，就是加斯東先生……。」

「唔！對，我認識他，那另一位呢？」

「是阿爾芒·杜瓦爾先生，您不認識他吧？」

「不認識。但沒關係，您就帶他們來吧！我見到誰都比見到伯爵高興。我等您，快點來吧！」

瑪格麗特又關上窗戶，普呂當絲也關上了這邊的窗戶。

在劇院的時候，瑪格麗特曾經有一瞬間想起了我的相貌，但是不記得我的名字。我倒寧願她記得我留給她的壞印象，也好過於完全遺忘。

「我早就知道，」加斯東說道，「她一定很高興見到我們。」

「高興可談不上，」普呂當絲邊說邊戴帽子，又搭上披肩，「她接見你們，是為了趕走伯爵，你們要設法比他更討人喜歡。要不然，我很了解瑪格麗特的脾氣，她會跟我翻臉的。」

我們跟隨普呂當絲下樓去。

我忍不住渾身發抖，總覺得這次拜訪會對我的人生產生極大的影響。

我心情激動的程度，要超過在喜歌劇院包廂把我引見給她的那天晚上。

我們抵達您熟悉的那棟房屋門口時，我的心臟怦怦亂跳，簡直是六神無主。

一段鋼琴和聲傳到我們的耳畔。

普呂當絲拉響了門鈴。

鋼琴戛然而止。

一名女子來幫我們開門，她的樣子不太像女傭，倒像是一個女伴。

我們走進客廳，又從客廳進入起居室。那時起居室的陳設如同您後來所看到的一樣。

一個年輕人身子倚著壁爐。

瑪格麗特坐在鋼琴前，手指在琴鍵上馳騁，每彈幾段就換一支曲子。

這個場面看起來十分沉悶；造成這種局面的，就男的而言，是因為自己的平庸而顯得尷尬，對女的而言，是對這名不速之客感到厭煩。

一聽到普呂當絲的聲音，瑪格麗特就站起身來，向她投去一個充滿感激的眼神。她朝我們迎上前，對我們說道：

「請進，先生們，歡迎你們。」

第九章

「晚安，我親愛的加斯東，」瑪格麗特對我的同伴說道，「見到您真高興。在雜耍劇院的時候，您為什麼不到我的包廂來？」

「我怕有些冒昧。」

「朋友嘛，」瑪格麗特講這個詞時加重了語氣，就好像是要讓在場的人明白，儘管她如此親熱地接待加斯東，但無論過去還是現在，都僅僅把他當做一個朋友，「朋友嘛，什麼時候也談不上什麼冒失。」

「那麼，您允許我把阿爾芒·杜瓦爾先生介紹給您啦！」

「我已經答應過普呂當絲了。」

「何況，夫人，」我鞠了個躬說道，口齒差不多總算清楚了，「我早就有幸讓人引見過了。」

瑪格麗特那迷人的眼神似乎正在搜索記憶，但是什麼也沒有想起來，或者說好像什麼也不記得了。

「夫人，」我又說道，「我感謝您忘記了第一次的引見，因為那一次我顯得非常可笑，在您看來一定也很討厭。那是兩年前的事情了，在喜歌劇院，我跟加斯東……在一起。」

「噢！我想起來了！」瑪格麗特又微笑著說道，「那並不是您可笑，而是我喜歡戲弄人，現在依然如此，但是有收斂一點了。您原諒我了嗎，先生？」

說著，她就伸出手，我接過來吻了吻。

「沒錯，」她又說道，「您想想看，那時候我有個壞習慣，就是喜歡讓初次見面的人難堪。這種做法很蠢！我的醫生說，這是因為我有點神經質，身體總處於不舒服的狀態。請相信我醫生說的話吧！」

「可是，看樣子您的身體很好嘛！」

「唉！我大病了一場。」

「我知道。」

「誰告訴您的？」

「當時大家都知道。那時，我經常來打聽您的消息，後來很高興知道您康復了。」

「從來沒有人給過我您的名片。」

「我從來沒有留下過名片。」

「有個年輕人，在我生病期間天天前來探問病情，卻又從不願意報出姓名，難道就是您嗎？」

「正是我。」

「那麼您就不只是寬容，而是寬宏大量了。」她看了我一眼，女人正是用這種目光，補充她們對於一名男子的看法，然後轉向德．N伯爵，又補上這麼一句：「這一點，伯爵您就做不到。」

「我認識您才兩個月。」伯爵辯解道。

「可是這位先生呢，認識我才五分鐘。您一開口就講蠢話。」

女人對待她們不喜歡的人，總是冷酷無情。

伯爵滿臉通紅地咬起嘴唇。

我真同情他，因為，他似乎和我一樣都墜入情網，而瑪格麗特直率又毫不留情，肯定傷得他好痛，尤其還有兩個陌生人在場。

「我們進來的時候，您正在彈琴，」我想改變話題，便說道，「您能夠把我當作老朋友，繼續彈下去嗎？」

「哎！」她說著，一仰身坐到長沙發上，同時示意我們也坐上去，「加斯東清楚，我彈的是什麼音樂。我單獨和伯爵在一起的時候，彈彈還勉強可以，但是，我不願意讓你們也受這種罪。」

「這是您對我的特別照顧吧？」德．N先生接著說，同時微微一笑，極力顯示機敏和譏諷的意味。

「那您就不應該指責我，這是我對您唯一的照顧了。」

顯而易見，這個可憐的小夥子一句話也不能講了，他向眼前這位年輕女子投去極為哀求的目光。

「告訴我，普呂當絲，」瑪格麗特繼續說道，「我拜託您的事都辦好了嗎？」

「辦好了。」

「那好，等一會您再跟我講。我們還有些事要說，在我沒有跟您談之前，您先別走。」

「我們一定來得不是時候，」於是我說道，「既然我們，確切地說，既然我已經第二次被引見，也讓您忘記第一次的記憶。那麼現在，加斯東和我，我們就該告辭了。」

「絕對沒有這個意思，剛才這些話我不是對你們講的。恰恰相反，我希望你們留下來。」

伯爵掏出一隻十分精美的懷錶，看了看時間，說道：

「我也該去俱樂部了。」

瑪格麗特沒有應聲。

於是，伯爵離開壁爐，走到她面前：

「再見，夫人。」

瑪格麗特站起身。

「再見，我親愛的伯爵，您這就要走了嗎？」

「對，我擔心惹您厭煩了。」

「您今天也不見得比往日更讓我厭煩。什麼時候再見到您呢？」

「等您允許的時候。」

「那就再見了！」

實在是很殘忍，您也會這樣認為的。

幸好伯爵受過良好的教育，性情又好。他只是吻了吻瑪格麗特似乎不經意伸給他的手，又向我們頷首告辭，便離去了。

當他要跨出門檻時，望了望普呂當絲。

普呂當絲聳了聳肩，那樣子表明：

「有什麼辦法呢？我完全盡力了。」

「納妮娜！」瑪格麗特叫道，「幫伯爵先生照亮！」

我們聽見房門打開又關上的聲響。

「他總算走啦！」瑪格麗特回過身來，高聲說道，「這個年輕人，弄得我煩死了。」

「我親愛的孩子，」普呂當絲說道，「您對他也真的太兇了，而他對您卻那麼百依百順，那麼體貼聽話。看，這壁爐上還有他送給您的一塊錶，我敢肯定，它少說也值一千埃居①。」

①・埃居：法國古貨幣的一種，一千埃居相當於三千法郎。

杜韋爾努瓦太太走過去，從壁爐上拿起她所談論的精品，一邊把玩，一邊投以覬覦的目光。

「我親愛的，」瑪格麗特坐到鋼琴前面，說道，「我估計著他給我的東西，再估計著他對我說的話，就覺得允許他來拜訪，還是太便宜他了。」

「那個可憐的青年愛您呀！」

「如果我必須傾聽所有愛我的人訴說，那麼我連吃飯的時間都沒有了。」

她放開手指在鋼琴鍵上奔馳，繼而轉過身來，對我們說道：

「你們想吃點什麼嗎？我呢，很想喝點兒潘趣酒。」

「我呀，倒是很想吃點雞肉，」普呂當絲說道，「我們去吃宵夜怎麼樣？」

「好哇，我們就去吃宵夜吧！」加斯東附和道。

「不，我們就在這裡吃宵夜。」

她搖了搖鈴，納妮娜進來。

「派人去叫宵夜來。」

「要吃些什麼呢？」

「妳要叫什麼都可以，但要馬上送來、馬上送來！」

納妮娜聽命出去。

「好了，」瑪格麗特像個孩子似的，跳著說道，「我們來吃宵夜吧！那個蠢貨伯爵，也太煩人啦！」

這個女子，我越看越覺得迷戀。她美得叫人神魂顛倒。她那消瘦的體型，甚至也別有一種風韻。我看得心醉神迷。

我心中發生了什麼變化，連我自己也說不清楚。我對她的身世滿懷寬容，對於她的美貌十分傾倒。而她不願接受一位準備為她傾家蕩產、風度翩翩的富家子弟，這種不被金錢動搖的性格表現，在我看來抵消了她從前的所有過錯。

在這個女人身上，還保留了幾分天生的單純。

看得出來，她雖然處在放蕩生活，內心卻猶然天真。她沉穩的步伐、柔軟的身姿、張開的粉紅鼻孔、略帶藍眼圈的那雙大眼睛，都顯示出一種熱情洋溢的天性，能向她的周圍散發一種享樂的芳香。就好像那種東方的小酒瓶，蓋子擰得再緊，裡面的酒香也會飄逸出來。

總而言之，不管是由於天性，還是病體的緣故，這個女子的眼中不時閃耀著欲望的火花。而對於她可能愛過的人來說，這種眼神無異於一種上天的啟示。不過，愛過瑪格麗特的人不計其數，但她所愛過的人，卻是寥寥可數。

簡而言之，在這個女孩的身上，可以看出她是個偶然失足為娼的處女。而她又會藉由一點小事，就從交際花轉變成最多情、純潔的處女。瑪格麗特身上還帶著某種自豪感和獨立性。當這兩種情感遭受到傷害時，便會喚起她的羞恥心。我不發一語，然而我的靈魂彷彿全然進入了我的心，而我的心又彷彿進入到我的眼睛。

「這麼說，」瑪格麗特又忽然說道，「在我生病期間，是您經常來探問我的病情？」

「對。」

「您應該要知道，這種行為非常美好！我能做點什麼，向您表示我的感謝呢？」

「允許我不時來拜訪您吧！」

「您想來就來吧！每天下午五點到六點，晚上十一點到十二點，都可以來作客。對了，加斯東，您為我彈奏那支《華爾滋邀請舞曲》吧！」

「為什麼？」

「一來是我喜歡這首曲子。二來是因為我獨自一個人時，就是彈不好這支曲子。」

「您卡在什麼地方？」

「第三部分，有升半音的那段。」

加斯東起身，走到鋼琴前坐下，開始彈奏韋伯②這一首優美動聽的樂章，而翻開的樂譜就放在架子上。

瑪格麗特一隻手扶著鋼琴，眼睛注視著樂譜，目光隨著她低聲伴唱的音符往下移；當加斯東彈到她指出的樂段時，她就一邊哼唱，一邊用手指敲擊著琴蓋。

「Ré，mi，ré，do，ré，fa，mi，ré，就是這段我彈不好。您再彈一遍。」

加斯東又彈一遍，然後，瑪格麗特對他說：

「現在，讓我來試試看吧！」

她坐到鋼琴前，開始彈奏。可是，她的手指就是不聽使喚，上面列舉的音符總會有一個彈錯。

「真叫人無法相信，」她以一種近乎孩子氣的口吻說道，「我怎麼就彈不了這段！說起來你們相信嗎，就這一段，有時我會一直彈到凌晨兩點！那個蠢貨伯爵，不看樂譜就能彈得那麼美妙，我覺得正是這一點，讓我一想到就要對他大發雷霆。」

她一遍一遍地重彈，卻總是同樣的結果。

「讓韋伯、這支樂曲，以及鋼琴，統統都見鬼去吧！」她說著，就把樂譜扔到屋子的另一端，「真不可思議，一連八個升半音我都彈不了嗎？」

她扠起胳膊，看著我們，還連連跺腳。

她的血液湧上面頰，一陣輕輕咳嗽，嘴唇微微張開了。

「看吧！看吧！」普呂當絲說道，她已經摘掉帽子，正在對著鏡子分梳頭髮，「您又生氣，傷到自己的身子了。我們還是去吃宵夜吧！那樣子比較好，我真的快餓死了。」

②．韋伯（一七八六—一八二六）：德國作曲家和指揮家。

瑪格麗特又搖了搖鈴，然後，她重新坐到鋼琴旁邊，開始哼唱一支淫蕩的歌曲，而這次的鋼琴伴奏絲毫沒有混亂。

加斯東也會唱這首歌，於是他們就組成了二重唱。

「好了，別唱這種下流小調了。」我不再拘謹，以懇求的語氣對瑪格麗特說。

「呵！您可真是純潔高尚啊！」她微笑著對我說，同時將手伸給我。

「不是考慮我，而是為您著想啊！」

瑪格麗特比了個手勢，用來表示：「哼！我跟貞潔啊，早就斷絕關係了！」

這時，納妮娜進來了。

「宵夜準備好了嗎？」瑪格麗特問道。

「馬上就好，夫人。」

「對了，」普呂當絲對我說，「這棟房子您們還沒有看過吧！走吧！我帶您去看看。」

您也知道，那間客廳佈置得像個仙境。

瑪格麗特陪我們看了一會，隨後她把加斯東叫走，一起陪她到餐廳看看宵夜準備好了沒有。

「咦！」普呂當絲看著置物架，從上面拿起了一尊薩克森的雕像，大聲說道，「我沒有見過這一尊小雕像呢！」

「哪一個？」

「就是這個小牧童，手裡還拎著裝了一隻鳥的籠子。」

「您喜歡就拿去吧！」

「唉！只怕我奪了您喜愛的東西。」

「我覺得它太難看，本來想送給我的女傭。您既然喜歡，就拿走吧！」

普呂當絲眼裡只有禮物，也不在乎送禮的方式。她將那尊小牧童單獨放到一旁，又帶領我走進梳妝室，指給我看兩幅對掛著的細緻肖像畫，說道：「這是德・G伯爵，他曾經非常迷戀瑪格麗特，也正是他一手捧紅瑪格麗特的。您認識他嗎？」

「不認識，這一位呢？」我指著另一幅細緻肖像畫，問道。

「這是年輕的德・L子爵……他被迫離開了。」

「為什麼？」

「因為他差不多破產了。這一位也是，他也愛過瑪格麗特！」

「那麼，瑪格麗特一定也很愛他啦？」

「她這個女孩很奇怪，沒有人摸得透她的心思。子爵走的那天晚上，她還像往常一樣去看戲，不過，當子爵離開的時候，她還是哭了。」

這時，納妮娜走進來，報告宵夜已經準備好了。

我們走進餐廳的時候，瑪格麗特正靠在牆上，加斯東則拉著她的雙手，對她竊竊私語。

「您瘋了，」瑪格麗特回答說，「您心裡一清二楚，我不想接受您。像我這樣的一個女人，您認識都兩年了，用不著等到現在才提出想當我的情人。我們這種人，要麼當下就獻出身體，要麼就休想碰觸。好了，先生們，入座吧！」

瑪格麗特掙脫了加斯東的雙手，讓他坐到她的右邊，讓我坐到她的左側，然後對納妮娜說道：

「妳先別坐下，去廚房吩咐一聲，如果有人拉門鈴，一律不開門。」

發下這樣的吩咐，已經是凌晨一點鐘了。

這頓宵夜，我們說笑、喝酒，大吃大喝。沒過多久，歡樂的氣氛就到了極限。不時會冒出某種圈子覺得有趣的粗話，說了總要弄髒說話者的嘴，卻博得了納妮娜、普呂當絲和瑪格麗特的喝采。加斯東盡情玩樂，他是個心腸很好的小夥子，只是早年染上了壞習慣，思緒有一點脫軌。一時之間，我也想麻醉自己，讓自己的心情、思想毫無防備地，去對待眼前的場面。就像分享這頓宵夜的一道菜餚似的，分享這種歡樂。然而，我又逐漸脫離了這種喧鬧，我的酒杯總是滿滿的，可是看到這位正當妙齡的美女，像搬貨工一般地飲酒談笑，聽到越是不堪入耳的話笑得越開心，我的心裡不免產生了幾分悲哀。

其實在我看來，這樣尋歡作樂、這種談笑和飲酒的方式，在其他客人身上，只不過是生活放蕩、不良習慣或者旺盛精力的宣洩，而在瑪格麗特身上，卻似乎是出於一種忘卻現實的需要，是一種狂躁、神經質的激動。她每喝下一杯香檳，面頰就會泛起一層發燒般的紅暈，而剛開始吃宵夜的輕咳，時間一長就越來越厲害，她的頭不得不仰在坐椅的靠背上，每次咳嗽還用雙手捂住胸口。

我看著心裡十分難受，過度的尋歡作樂，天天在損害她虛弱的身體。

不出我所料，擔心的情況終於發生了。宵夜將要結束之際，瑪格麗特又突然一陣猛咳，是我來到之後發作最厲害的一次，她的胸口彷彿要從裡面撕裂開來。這可憐的女孩，一張臉漲成了紫紅色，她痛苦得閉上雙眼，拿起餐巾捂住嘴唇，餐巾便被一滴鮮血染紅。於是她站起身來，跑向梳妝室。

「瑪格麗特怎麼啦？」加斯東問道。

「她笑得太厲害，結果就咳出血來了，」普呂當絲說道，「唔！沒什麼關係，她天天都這樣，不一會她就回來了。就讓她一個人待一會吧！她喜歡那樣。」

可是我呢，我沉不住氣了，也不顧普呂當絲和納妮娜的招呼，就跑去找瑪格麗特，令她們大驚失色。

第十章

瑪格麗特躲進一間房間，房裡桌子上只點著一根蠟燭。她仰身坐在長沙發上，衣裙解開了，一隻手捂住胸口，另一隻手垂放著。桌子上放著一個銀臉盆，裡頭盛了半盆水飄著一縷縷血絲，好似大理石花紋。

瑪格麗特面無血色，嘴半張著，還喘息未定。有時候長吸一口氣，胸脯隆起來，氣吐出之後，她才稍微輕鬆一些，有幾秒鐘的舒服感。

我走到她的跟前，看她毫無動靜，就在她身邊坐下，握住她垂掛在沙發上的那隻手。

「哦！是您？」她微笑一下，對我說道。

看來是我臉上的表情失態了，因此她又問道：

「怎麼了，您也生病了嗎？」

「沒有。您怎麼樣，還不舒服嗎？」

「還稍微有點不舒服，」她用手帕擦了擦咳出來的眼淚，「這種情況，我現在已經習慣了。」

「您這是在摧殘自己呀！夫人，」我聲調激動地對她說道，「但願我是您的朋友、您的親人，好阻止您這樣糟蹋自己。」

「唉！這實在不值得您這樣大驚小怪，」她回答說，語氣中卻帶著幾分苦澀，「您看，別人有管我嗎？他們都很清楚，這種病誰也沒有辦法。」

說罷，她就站起身，拿起蠟燭，放到壁爐上，對著鏡子端詳自己。

「我這張臉多蒼白啊！」她說道，同時又重新紮好衣裙，用手指攏了攏散亂的頭髮。「嗯，好了！我們回到餐廳去吧！您走不走啊？」

可是，我坐在那裡一動也不動。

她明白到剛才的場景多麼觸動了我，於是走到我的面前，把手伸給我，對我說道：

「看看您，走吧！」

我抓住她的手，送到我的唇邊，而忍了許久的兩顆眼淚止不住了，打濕了她的手。

「真是的，您簡直像個孩子！」她說著，又在我身邊重新坐下，「您還哭了！怎麼啦？」

「您一定覺得我很傻！可是，剛才所看到的，真是讓我痛苦極了。」

「您的心腸太好了！有什麼辦法呢？我睡不著覺，總得排遣心情啊！再說了，像我這樣的女孩，多一個少一個，又能怎麼樣呢？醫生都對我說，我咳出的血是從支氣管出來的。我就裝作相信他們的話，這也是我唯一能配合他們的事。」

「聽我說，瑪格麗特，」我終於控制不住，開始訴說道，「我不知道您對我的一生會產生什麼樣的影響，就我所知道的，就是此刻我對任何人，甚至是對我的妹妹，都不會對您這樣地關懷。從我見到您的時候，就是如此。好了，看在上天的份上，您要好好保重身體，不要再過這樣的生活了。」

「我即使保重身體，也還是會死的。現在，我是靠這種狂熱的生活支撐著。再說了，保重身體，這對有家庭、有朋友的上流社會婦女才合適。然而，我們卻不是這樣子，一旦滿足不了我們情人的虛榮心，不能讓他們歡樂，就會被他們拋棄。漫漫的白天過後，又是漫漫的長夜。真的，這個我有深刻的體會，我就在病床上躺了兩個月，三個星期之後，就再也沒有人來探望我了。」

「不錯，我對您來說不算什麼，」我又說道，「但是，假如您願意的話，我會像親兄弟那般地照顧您，守護著您不離開，把您的病治好。等到體力恢復之後，您覺得合適，再重新過這種生活；不過我很確信，到了那個時候，您會更喜歡過平靜的生活，您過那種生活會更幸福，也能保持您的容貌。」

「您今天晚上酒喝多了，感傷起來才這麼想，可是您誇耀的這種耐心，不會維持多久的。」

「請容許我告訴您，瑪格麗特，您病了兩個月，而在那兩個月的期間，我每天都來探問您的病情。」

「一點也沒錯，然而，您為什麼不上樓來呢？」

「因為那時候，我還不認識您。」

「跟我這樣的一個女孩打交道，還需要這麼顧忌嗎？」

「跟一位女子打交道總要謹慎些，至少這是我的想法。」

「這麼說，您能照顧我啦？」她說。

「對。」

「每天您都能守在我的身邊？」

「沒錯。」

「甚至每天晚上？」

「時時刻刻守在您的身邊，只要您不討厭。」

「您說這叫做什麼呢？」

「忠心耿耿。」

「哪裡來的這種忠心耿耿？」

「來自我對您的不可抑制的好感。」

「這麼說來，您愛上我啦？直接說出來，這樣也簡單得多。」

「可能是這樣，或許有朝一日我會親口對您說，但是今天不行。」

「您最好永遠也不要對我講。」

「為什麼？」

「因為這種表白，只會有兩種結果。」

「什麼結果？」

「如果我不接受您，那您就會怨恨我；如果我接受您，那您就會有一個終日悲傷的情婦。一個病懨懨、神經兮兮的女人，整日愁眉苦臉，即便高興起來，那樣子也比憂傷還要可悲，一個每年要耗費十萬法郎的咳血女人。她只適合於像公爵那樣的老富翁，對於您這樣的年輕人來說，就是個極大的煩惱了。我以前所有那些年輕的情人，很快都離開了我，這便是證據。」

我默不作聲，只聽她說。這名可憐的女孩在放蕩、酗酒和失眠中逃避現實呀！她這種近乎懺悔的直言相告，這種讓我透過金色帷幔所看到的痛苦生活，都賦予了我強烈的印象，以至於讓我連一句話也說不出來了。

「好了，」瑪格麗特繼續說道，「我們都在說一些孩子話，把手給我，我們還是回餐廳吧！他們一定搞不清楚，為何我們會離席這麼久。」

「您想回去就回去吧！我還是請您允許讓我留在這裡。」

「為什麼？」

「因為，您這樣玩樂太讓我傷心了。」

「那好，我就拿出一副憂傷的神態。」

「聽著，瑪格麗特，讓我告訴您一件事，而您肯定也經常聽別人說過，聽習慣了可能會不太相信。然而，這件事的確是真的，今後我也絕對不會向您重複了。」

「什麼事啊？……」她微笑著說道，那神態猶如一位年輕的母親要聽孩子講傻話一般。

「就是自從我見到您之後，不知道怎麼回事，也不曉得是什麼緣故，您在我的生活中就占據了一個位置。而您在我頭腦裡的形象，怎麼也趕不走，總是不斷地出現。我已有兩年沒見到您了，但今天一遇見您，您在我心裡、腦海的地位卻變得更高了。總而言之，現在您接待我，讓我認識了您，了解了您所有的特殊情況，您對我來說，就變成了不可缺少的人。就別說您不愛我了，哪怕您不讓我愛您，我也會發瘋的。」

「那您真的太不幸了，我要向您引用D太太①說過的一句話：您非常富有啦！您哪裡知道，我每個月要花費六、七千法郎，這種花費變成了我的生活必不可少的一部分；我可憐的朋友，您哪裡知道，在極短的時間裡，我就會把您的錢財揮霍殆盡。您的家庭會斷絕您的經濟來源，好讓您明白不能跟我這樣的女人在一起生活。您就像一個好朋友那樣愛我吧！不要超出這個範圍。您來看我，我們就一起說說笑笑。您不要抬舉我的身價，我並沒有多大的價值。您擁有一副好心腸，也需要得到愛，您還太年輕，太容易動感情了，不適合生活在我們這個圈子。您去找一個結了婚的女子吧！您看，我是個多好的女孩，對您直言不諱。」

「好哇，躲到這裡來！你們在這裡搞什麼鬼呀！」普呂當絲嚷道。我們沒有聽到她走過來的腳步聲，只見她站在房間門口，頭髮鬆散了，衣裙也解開了。我看出這種凌亂，是加斯東一手搞的鬼。

「我們在談正事呢，」瑪格麗特回答，「再讓我們待一會兒，我們會快點回你們那裡去。」

「好吧，好吧，你們就談吧！我的孩子們。」普呂當絲說著就抽身離開，還順手關上了房門，好像要加重她說話的語氣似的。

「我們就這麼說定了，」等到只剩下我們二人時，瑪格麗特又說道，「您不要愛我了。」

「那我就走得遠遠的。」

「有這麼嚴重嗎？」

我太衝動以至於沒有退路，此外這個女孩也搞得我神魂顛倒。她是快樂和憂傷、純真和賣笑的混合體，而她的病症，又加劇了她的喜怒無常與神經亢奮，這一切都使我明白，假如我不能打從一開始就控制住這個生性健忘、輕浮的女子，那麼我就會失去她。

「喂，您說這話，看來是認真的！」她又說道。

「完全認真。」

①．也即「普呂當絲．杜韋爾努瓦」。

「可是這些話，您為什麼沒有早點告訴我呢？」

「我有機會對您講嗎？」

「您在喜歌劇院被人介紹給我的第二天呀！」

「我認為如果那時我去看您，肯定會受到您的怠慢。」

「為什麼？」

「因為第一天晚上我拙嘴笨舌。」

「那倒是真的。怎麼，那時候您就愛上我啦！」

「對。」

「儘管如此，您看完戲之後，還是照樣能睡安穩覺。我們都知道，這種偉大愛情是怎麼一回事。」

「哎，您恰恰搞錯了。喜歌劇院演出的那天晚上，您知道我做了什麼嗎？」

「不知道。」

「我在英國咖啡館門口等您，還跟隨您和三位朋友所乘坐的馬車，我看到您獨自下車，又獨自一人回家，心裡非常高興。」

瑪格麗特咯咯笑了起來。

「您笑什麼？」

「沒什麼。」

「告訴我吧！我求求您了，要不然，我會以為您還在嘲笑我。」

「我說了您不會生氣？」

「我有什麼權利生氣呢？」

「好吧，我那天獨自一人回家，有一個很充分的理由。」

「什麼理由？」

「有人家裡在等我。」

這句話比捅我一刀還要厲害，深深地刺痛了我。我站起身來，把手伸給她。

「再見。」我對她說道。

「我早就知道您會生氣，」她說道，「男人簡直沒救了，總想了解一些可能會讓他們難過的事情。」

「我向您保證，」我口氣冷淡地說道，好像要證明我治癒了戀情，永遠死了那份心，「我可以向您保證，我並沒有生氣。當時家裡有人等您，是完全自然的事，就如同現在，我凌晨三點要告辭一樣自然。」

「是不是家裡也有人在等您呢？」

「沒有，不過我應該要走了。」

「那好，再見。」

「您要打發我走？」

「絕對沒有這個意思。」

「那您為什麼製造痛苦給我？」

「我給您製造什麼痛苦了？」

「您對我說，當時家裡有人等您。」

「想到我就禁不住想笑，您看見我獨自一人回家就那麼高興，殊不知還有那麼一個充分的理由。」

「人嘛，往往會因為一種幼稚的想法而歡喜，毀掉這種喜悅，是種很可惡的行為。為什麼不讓這種喜悅保持下去，好讓找到這種樂趣的人更加幸福呢！」

「怎麼，您以為是在跟誰打交道呢？我既不是黃花閨女，也不是公爵夫人。我今天才認識您，也沒有義務向您彙報我的行為。就算有那麼一天，我成為了您的情婦，那您也應該知道，除了您以外，我還會有其他的情人。現在您就吃起醋來，跟我大吵大鬧，那麼之後，當真我成了您的情婦，又該如何呢？我從來沒有見過像您這樣的一個男人。」

「就因為從來還沒有人像我這樣愛您。」

「喏，坦白講，您很愛我嗎？」

「我想，愛得不能再深了。」

「這種情況，自從……。」

「自從我看見您下了馬車，走進蘇斯時裝店的那天起，算來已經有三年了。」

「您知道這非常美好嗎?那麼，這種偉大的愛情，我該如何報答呢?」

「總得給我一點愛吧!」我說道，心臟怦怦狂跳，慌得幾乎說不出話來。因為，在整個談話的過程中，儘管她半譏諷地微笑著，我卻感受到瑪格麗特也開始和我一樣心慌意亂，也感到我接近了期待已久的時刻。

「那麼公爵怎麼辦?」

「哪位公爵?」

「我的那位老嫉妒鬼呀!」

「什麼也不會讓他知道。」

「假如他知道了呢?」

「他會原諒您的。」

「唉!不可能!他會拋棄我，到那時我該怎麼辦啊?」

「您為了另外一個人，會肯冒被他拋棄的危險。」

「您怎麼知道呢?」

「從您的吩咐就知道了:您吩咐過，今天夜晚不接待任何人。」

「真的，不過，那是一位正經的朋友。」

「但您一點也不重視他，在這種時刻您不就把他拒於門外了。」

「您可沒資格指責我，還不是為了接待你們，接待您和您的朋友！」

我漸漸靠近瑪格麗特，雙手合攏摟住了她的腰，感到她那曼妙身材的輕微重量。

「您如果知道我多麼愛您該有多好！」我悄聲對她說道。

「真的嗎？」

「我向您發誓。」

「好吧，假如您答應，我按照自己的意願做什麼，您都不講一句話，也不干涉我、不盤問我。那麼，也許我就會愛您。」

「完全聽您的！」

「不過，我先聲明，我高興做什麼就做什麼，生活中的任何小事都不必告訴您。我早就在物色這樣的一個年輕情人：他沒有自己的意志，多情而不多疑，只要愛而不要權利。這樣一個人，我始終未能找到。男人啊！本來不太奢望得到的事物，一旦得以長期享用，反倒不滿足了。會追問他們的情婦現在做什麼，過去做什麼，甚至將來打算做什麼。他們越是熟悉他們的情婦，就越想控制；越是給予他們想要的東西，他們就越是得寸進尺。假如現在，我決定重新找一個情人，那我會要求他具備三種極為罕見的品格，也就是信任、順從和謹慎。」

「好吧，我會完全成為您所希望的樣子。」

「我們就等著瞧吧！」

「什麼時候呢？」

「再過一些時候。」

「為什麼？」

「原因嘛，」瑪格麗特說著，掙脫出我的手臂。從早上送來的一大束紅茶花中抽出一朵，插進我衣服的扣眼裡，「原因嘛，總不能當天就執行簽訂的條約吧！」

這個不難理解。

「我什麼時候能再見到您呢？」我說著，又緊緊摟住她。

「等這朵山茶花褪了色的時候。」

「它什麼時候褪色啊？」

「明天晚上十一點至午夜吧，您滿意了嗎？還有事情要問我嗎？我們的事情，您一句也不要告訴您的朋友，也不要告訴普呂當絲，對誰都不要講。」

「我答應您。」

「現在，您吻我一下，我們就回餐廳去。」

她把嘴唇伸給我，然後又攏了攏頭髮，我們就走出房間。她邊走邊哼著歌曲，我則快樂到有些瘋瘋癲癲了。

走到客廳的時候，她站住，悄聲對我說道：

「您也許會覺得奇怪，我怎麼這樣痛快，馬上就接受了您。您知道為什麼會這樣嗎？」

「這是因為，」她拉起我的手，按到她的胸口上，讓我感受到她心正在劇烈地跳動，接著說道，「這是因為，我既然壽命比別人短，就要決心抓緊時間生活。」

「不要再對我這麼說了，我懇求您。」

「唉！您放心吧，」她笑著繼續說道，「我活得時間再短，也總比您愛我的時間要長些啊。」

她哼著歌走進餐廳。

「納妮娜去哪裡啦？」她看見只剩下加斯東和普呂當絲，便問道。

「她等著伺候您上床，就在您的臥室裡睡著了。」普呂當絲回答。

「可憐的女孩，我累壞她了！好了，先生們，你們該走了，時候到了。」

十分鐘之後，加斯東和我便離開了。瑪格麗特和我們握手道別，讓普呂當絲單獨留下。

「怎麼樣，」我們出來之後，加斯東便問我，「您看瑪格麗特如何？」

「她是個天使，我愛她愛得發瘋。」

「果然不出我所料。您對她說了嗎？」

「說了。」

「她承諾相信您說的話嗎？」

「沒有。」

「普呂當絲可不一樣。」

「她答應你了？」

「她不僅僅是答應，我親愛的！你簡直不會相信，她還相當不錯，這個胖乎乎的杜韋爾努瓦！」

第十一章

阿爾芒講到這裡，便停了下來。

「您能去把窗戶關上嗎？」他對我說道，「我有點冷。趁這個時間，我上床躺下。」

我去關上窗戶。阿爾芒的身體還很虛弱，他脫下便袍躺到床上，枕著枕頭稍作休息。好似長途跋涉而疲憊，或者回憶痛苦往事而感到沮喪的一個人。

「也許您話說得太多了，」我對他說道，「我先走，讓您睡一下好不好？改日您再為我講完這段經歷。」

「您沒有聽到厭煩嗎？」

「恰恰相反。」

「那我就接著講下去。如果您走了，剩下我一個人也睡不著。」

阿爾芒的頭腦裡，所有細節都十分鮮明，他無須多想就接著講述：

我回到家中，沒有上床睡覺，便開始思考這一天的際遇。與瑪格麗特不期而遇、由人引見與她相識、她給予我的承諾，這一系列情況都突如其來地，大大出乎我的意料，有時候我還以為是在做夢。然而，像瑪格麗特這樣的女孩，答應一個提出請求的男人隔日幽會，這也不是第一次了。

我這樣子思考也無濟於事，我未來的情婦給我的第一印象特別強烈，始終揮之不去。我還固執己見，把她視為一個與眾不同的女孩。出於男人都有的虛榮心，總想著她對我有吸引力，而我對她同樣也具有不可抗拒的魅力。

只是，我眼前就有一些相互矛盾的實例。我經常聽人提起，瑪格麗特的愛情猶如商品一般，會隨著季節變換而漲價跌價。

然而，她一再拒絕我們在她家見到的那位年輕伯爵，這種態度又該如何與她的壞名聲調和呢？您會對我說，她不喜歡那位伯爵，而她依靠著公爵供養過著奢華的生活，只要有機會另到找一個情人，那她會願意找一個她喜歡的人。那麼，加斯東可愛、聰明，又富有，為什麼她不肯接受，卻偏偏看上我這麼一個她初次見面就覺得可笑的人呢？

的確，有時一分鐘發生的事，遠比一年的追求還要有效。

幾個人同桌吃宵夜，唯獨我看她離席十分擔心，就跟了過去，還掩飾不住慌亂的神色，親吻她手的時候流下了眼淚。在這種情況下，再加上她生病那兩個月我天天前往探問，她從中就能看出，我與她所認識過的男人不同。或許在心裡暗自想道，她都接受過這麼多次了，這次不妨接受這種愛的表達形式，反正這種事對她來說也無所謂了。

正如您所見，這種種假設是有可能的；她這次同意，無論出自於什麼原因，有一件事卻是毫無疑問，那就是她已經同意了。

我愛上了瑪格麗特，想要得到她，就不能再向她提出任何其他的要求。不過，我再向您重複一遍，雖然她是名交際花，但我或許把她理想化了，因此極力把這種情感視為可望而不可及的愛情，結果越是臨近夢想成真的時刻，就越是產生了疑慮。

我一整夜沒有闔眼。

我的頭腦亂成一團，已處於半瘋狂的狀態。有時我覺得自己不夠英俊、不夠富有、不夠風流倜儻，因而不配擁有這樣一位女子；有時又想到能夠擁有她而得意洋洋。接著我又開始擔心，瑪格麗特不過是一時心血來潮，跟我在一起幾天，便會突然一刀兩斷，自己會陷入失意的痛苦中。於是心想，也許晚上最好不要去看她。寫封信給她，表達我的擔心，之後便遠走他鄉。我的想法忽然又轉變，滿懷著無限的希望、無比的信心。我做起難以置信的未來美夢，心想這名女孩多虧了我，終於治好了身體與精神上的創傷，而我將與她終生廝守，她的愛情比起最純潔的愛情，更能讓我幸福。

總而言之，思緒萬千不斷從心頭湧向我的腦海，我不能一一向您複述。直到拂曉時睡意襲來，那些思緒才逐漸消逝。

我一覺醒來，已經是下午兩點了，室外天氣晴朗。回想起來，我還從未覺得生活如此美好、如此充實。昨天發生的事情，又重新浮現在我的腦海中，沒有一點陰影，也沒有一點阻礙，還伴隨著今天晚上的希望，一片喜悅的氣氛。我急忙穿好衣裳。我的心情舒暢，能做出最美好的舉動。我的心不時因為喜悅和愛情而歡動。受到一種溫馨的熱情所鼓舞，我不再考慮入睡前的種種憂慮，現在我的眼中只有結果，心中只想著再見到瑪格麗特的時刻。

我在家裡待不下去，只覺得房間太過於狹小，容納不下我的幸福，我需要整個天空才能傾訴。

我走出家門。

經過昂坦街，我看到瑪格麗特的馬車正停在門前等候。於是，我又朝香榭麗舍大道走去。街上遇到的人雖然都不認識，但我無一例外地喜愛著他們。

愛情多麼使人向善！

我從瑪律利群馬石像①走到圓形廣場，再從圓形廣場走到瑪律利群馬石像，漫步了一小時之後，我就遠遠地望見瑪格麗特的馬車。那輛馬車不是我認出來的，而是我推測出來的。

馬車行駛到香榭麗舍大道的轉彎處，便停下來，一名年輕人離開正在談話的人群，上前與她交談。

那年輕人與瑪格麗特聊了一會兒，又轉身回到他的朋友們之中，而後馬車又駛走了。我走近那群人，認出剛才那名年輕人就是德．G伯爵。我曾見過他的肖像，普呂當絲也告訴過我，瑪格麗特能有今日，都是他捧起來的。

昨天晚上，瑪格麗特吩咐關門擋駕的也正是他。我猜想她停下馬車，就是要向他解釋擋駕的原因，我也希望她同時找好了新藉口，今天晚上也不接待他。

這一天所剩下的時間，我就糊裡糊塗地度過了。我隨意散步、抽煙、跟人閒聊，可是我講了什麼，遇過什麼人，到了晚上十點鐘，我就一點也回想不起來了。

我所能回想起來的，就是我回到家中，花了三個鐘頭打扮自己，看我的掛鐘和懷錶不下一百多次，只可惜兩者都走得很慢。

十點半鐘聲敲響，我心想該是動身的時候了。

當時我住在普羅旺斯街，我沿著勃朗峰街，穿過林蔭大道，再走過了路易大帝街，便是馬翁港街，最後抵達昂坦街。我望了望瑪格麗特的窗戶。

房裡亮著燈光。

我拉響門鈴。

①．瑪律利群馬石像：為著名雕刻家古斯圖的作品，原本置於瑪律利，後來移置於香榭麗舍大街入口處的協和廣場。

我詢問門房，戈蒂埃小姐是否在家。

門房回答我說，在十一點到十一點一刻以前，她絕對還不會回來。

我看了看懷錶。

我還以為自己緩慢地走來，其實從普羅旺斯街到瑪格麗特家，我僅僅只用了五分鐘。

於是，我就在這條沒有店鋪，此刻也空無一人的街道上徘徊。

過了半小時，瑪格麗特的馬車到了。她走下馬車，四處張望，好像是要找什麼人。

馬廄和車庫都不在室內，因此馬車緩慢地駛離了。就在瑪格麗特正要拉門鈴之際，我走上前對她說道：

「晚安。」

「噢！是您？」她對我說道，口氣似乎不大高興在街上看到我。

「您不是允許我今天來拜訪您嗎？」

「對，我忘了這件事。」

這句話把我凌晨時的全部思慮、一天的全部希望，統統推翻掉了。然而，她這種待人處世的態度，我已經開始習慣，所以並沒有離開。換作從前，我肯定掉頭就走了。

我們走進門。

納妮娜事先就把房門打開了。

「普呂當絲回家了嗎？」瑪格麗特問道。

「沒有，夫人。」

「妳去說一聲，要她一回家就過來這裡。妳先把客廳裡的燈熄掉，如果有人來，妳就回答說我沒有回來，今天也不會回來了。」

這女人顯然有什麼考量，也許是討厭某個不速之客。我不知道該擺出什麼表情，講什麼話才好。瑪格麗特向她的臥室走去，而我還待在原地。

「來呀。」她招呼我。

她摘下帽子，又脫下絲絨長外套，全扔到床上，然後仰身倒在一張安樂椅上，靠近一直燃燒到初夏的爐火。她一邊擺弄著錶鏈，一邊對我說：

「怎麼樣，有什麼新鮮事要講給我聽嗎？」

「沒有，除了今晚我不該來以外。」

「為什麼？」

「因為看樣子您不太高興，恐怕是我惹您厭煩了。」

「您並沒有惹我厭煩。只不過是我病了，今天一整天都不舒服，昨晚又睡不著，頭疼得要命。」

「要不要我離開，好讓您躺到床上休息？」

「唉！您自然可以留下。我想要躺下，當著您的面，我也完全可以躺下來。」

這時候有人拉門鈴。

「又有誰來啦？」她說道，不耐煩地擺了擺手。

過了一會兒，門鈴又響了。

「怎麼沒有人去開門，只好我親自去開了。」

她果然站起來，對我說道：

「您在這裡等吧！」

她穿過房間，我聽見她打開房門。我側耳靜靜細聽。

她開門讓進來的那個人停駐在餐廳裡。剛講兩句話，我就聽出來者是年輕的德．N伯爵。

「您今晚身體好嗎？」他問道。

「不好。」瑪格麗特冷淡地回答。

「我打擾到您了吧？」

「也許是吧！」

「您為何這樣接待我？我哪一點冒犯您了，我親愛的瑪格麗特？」

「我親愛的朋友，您絲毫也沒有冒犯到我。是我病了，要躺下來休息，所以您離開的話，我會很高興的。每天晚上我才回家五分鐘，沒有一次不看到您，這實在是讓我受不了。您到底想怎麼樣？

要我做您的情婦嗎?我跟您說過了上百遍,不行!您煩得要命,還是到別處去找吧!今天,我跟您重複最後一遍:我不接受您,就這樣決定了。再見,哦,納妮娜回來了!要她幫您照亮,晚安。」

瑪格麗特不再多講一句話,也不聽那名年輕人結結巴巴地說些什麼,轉身回到自己的房間,啪地一聲把門關上,納妮娜幾乎後腳跟著進來。

「妳給我聽著,」瑪格麗特對她說道,「以後一見是那個蠢貨,妳就說我不在家,或者說我不願意接待他。真是讓我煩死了!總是看見一些人來跟我提同樣的要求,他們以為給我一些錢,就能跟我銀貨兩訖。做我們這種可恥行業的女人,如果一開始了解到是怎麼一回事,她們會寧願去當僕人。當初哪裡曉得啊!我們被虛榮心牽著鼻子走,要漂亮衣裙,要馬車,要鑽石首飾。人們總是相信聽到的話,以為賣淫也有它的信念,我們就逐漸耗損自己的心力、肉體和姿色。別人像見到猛獸那樣懼怕我們,像對待賤民那樣鄙視我們。圍繞著我們打轉的人,總是想多撈取,少付出。我們毀了別人之後,也毀滅了自己。最後總有那麼一天,就像條狗似的死掉。」

「好了,夫人,您冷靜一下吧,」納妮娜說道,「您今晚的精神太糟糕了。」

「這條衣裙我穿了不舒服,」瑪格麗特又說道,她用力拉扯胸衣,硬把搭扣扯開,「給我拿來一件浴衣。咦,普呂當絲呢?」

「她還沒有回來,等她一回家,就會通知她來見夫人。」

「喏,她也算一個,」瑪格麗特接著說道,一邊說一邊脫下衣裙,換上一件白色浴衣,「她也算是一個。當她需要我的時候，總是會來找我，但要她幫我忙的時候，就不痛快了。她明知道今天晚上，我等待這個答覆、我需要這個答覆，一直擔心著。我很肯定她沒有把我的事放在心上，才會到處亂跑。」

「也許她被人拖住了。」

「給我們調點潘趣酒來。」

「您又要傷害自己的身體了。」納妮娜說道。

「那才好呢！再幫我拿些水果、餡餅或者雞翅，馬上端點東西來，我餓了。」

這個場面對我所造成的印象，就沒有必要對您說了。您猜得出來，對不對？

「您和我一起吃宵夜吧，」她對我說道，「在等待的時間裡，您拿本書看看，我去梳洗一下。」

她點燃了枝形大燭臺上的蠟燭，推開靠床尾的一扇門，一轉眼就不見了。

而我呢，開始在思索這個女孩的生活，對她的愛意又因為憐憫而增加了。

我一邊思考，一邊在屋裡大步地走來走去，忽然看見普呂當絲進來了。

「咦！您在這兒啊？」她對我說道，「瑪格麗特在哪裡呢？」

「在她的梳妝室。」

「我要等她。喂！她覺得您滿可愛的，您原本知道嗎？」

「不知道。」

「她都沒有向您透露過一點點嗎？」

「一點也沒有透露。」

「您怎麼會在這裡呢？」

「我來拜訪她呀！」

「在三更半夜？」

「有何不可？」

「開玩笑的！」

「她接待我的態度很不好。」

「她將會很好地款待您的。」

「您這樣認為？」

「我為她帶來了一個好消息。」

「這倒不錯。那麼她有跟您提起過我？」

「昨天晚上，確切地說，昨天深夜，您和您的朋友走以後……對了，您那位朋友，他怎麼樣了？他叫加斯東吧！我想，大家是這麼稱呼他的吧？」

「對。」我答道，同時不禁微微一笑，想想加斯東對我所吐露的心裡話，再看看普呂當絲連他的名字都還不太清楚，實在好笑。

「那小夥子挺可愛的，他是做什麼的？」

「他有兩萬五千法郎的年金。」

「啊，真的呀！對了，還是來談談您吧！瑪格麗特向我了解您的情況。她問我您是什麼人、做過什麼事情、有過什麼樣的情婦。總之，凡是關於您這樣年齡男人的事情，她全都問到了。我知道的情況也全都對她講了，還加上一點，說您是個可愛的小夥子。就是這些。」

「多謝您了。現在，您能不能告訴我，昨天她委託您去辦什麼事。」

「沒辦什麼事，只是要把伯爵打發走，這是她說的。不過今天，她倒託我辦一件事，今晚我就是要給她回音的。」

這時候，瑪格麗特從梳妝室裡走出來，戴著睡帽又增添了幾分嬌媚。那頂睡帽綴飾著許多黃色緞帶，內行人稱之為「甘藍形緞結」。

她這樣子打扮非常迷人。

她兩隻腳赤裸著，穿著一雙緞子拖鞋，手指甲也修剪好了。

「怎麼樣，您見到公爵了嗎？」她一見普呂當絲，便問道。

「這還用問！」

「他對您怎麼說？」

「他給我了。」

「多少？」

「六千。」

「您拿到手啦？」

「對。」

「他那樣子有沒有不高興？」

「沒有。」

「可憐的人！」

「可憐的人！」瑪格麗特講這句話時的口氣，真是難以形容。她接過六張一千法郎的鈔票。

「來得還真是時候啊，」她說道，「我親愛的普呂當絲，您有缺錢嗎？」

「您也知道，我的孩子，再過兩天就到十五號了，您若是能借給我三、四百法郎的話，就是幫了我的大忙了。」

「明天上午吧！現在太晚了，沒辦法換成小鈔。」

「千萬別忘了。」

「放心吧！您要跟我們一起吃宵夜嗎？」

「不用了，夏爾還在我家等著我呢！」

「您還一直這麼迷戀他?」

「神魂顛倒啊,我親愛的!明天見了。再見,阿爾芒。」

杜韋爾努瓦太太走了。

瑪格麗特打開壁櫥,將幾張鈔票扔進去。

「您容許我躺下嗎?」她微笑著問道,同時朝床鋪走去。

「我不但允許,還要請求您躺下呢!」

她掀起鑲有鏤空花邊的床罩,扔到床尾,便躺了下來。

「現在,」她說道,「您就坐到我的身邊,我們聊聊吧!」

普呂當絲說對了,得到她帶來的答覆,瑪格麗特果然高興起來了。

「今天晚上我的脾氣很壞,您能原諒我吧!」她拉起我的手,對我說道。

「再來多少次,我都能原諒。」

「這麼說您愛我啦?」

「愛得快發瘋了。」

「也不管我這個壞脾氣?」

「什麼也不管。」

「您向我發個誓!」

「好，我發誓。」我對她低聲說道。

這時，納妮娜走進屋來，端來幾隻餐盤、一隻冷雞、一瓶波爾多葡萄酒、一些草莓和兩副餐具。

「我沒有按吩咐幫您調潘趣酒，」納妮娜說道，「波爾多葡萄酒還是更適合您。對不對，先生？」

「當然了。」我答道，因為聽了瑪格麗特剛剛講的話，心情還激動不已，用火熱的目光凝視著她。

「好了，」瑪格麗特說道，「全都放到小桌上，再把桌子挪到床邊，我們不用妳伺候了。妳一連熬了三個夜晚，一定睏得很，快去睡覺吧！我什麼也不需要了。」

「房門要鎖上雙道鎖嗎？」

「我看有這個必要！要特別吩咐一聲，明天中午之前，不接待任何人。」

第十二章

清晨五點鐘，曙光初現透過了窗簾，瑪格麗特便對我說：

「你得原諒我要趕你走了，非走不可。公爵每天早晨都過來。他來的時候，聽僕人說我正在睡覺，也許他會一直等到我睡醒。」

我雙手捧起瑪格麗特的頭，她的秀髮從四周披散下去，最後吻她一下，問道：

「什麼時候再跟您見面？」

「聽我說，」她答道，「壁爐上有一小把鍍金鑰匙，你拿去開這扇房門，回來放好再走。白天，你會收到我的一封信和指示，要知道，你必須盲目地服從我。」

「是的，那麼，我能向妳要一點什麼東西嗎？」

「什麼東西？」

「這把鑰匙給我。」

「你要的東西，我還從來沒有給過任何人。」

「那就為我破個例吧！我敢向妳發誓，誰也不像我這樣愛妳。」

「好吧，就留在你手上吧！不過，我先告訴你，這鑰匙有沒有用，完全取決於我。」

「為什麼？」

「門裡還有插銷呢！」

「真夠狠心的！」

「那我就叫人拆掉。」

「看來，妳真有幾分愛我啦！」

「我也不知道為什麼，只是覺得是這麼一回事。現在你走吧，我睏了。」

我們又擁抱了一會兒，我這才離去。

街上空蕩蕩的，這座大都市還沒有睡醒。這個街區現在微風徐徐，十分地清爽，再過幾個小時就要人聲嘈雜了。

我感覺得到，這座還在酣睡的城市是屬於我的。我搜尋記憶，回想我曾羨慕過的那些幸運兒的名字，可是想到哪一個，也認為還不如我幸運。

贏得一個貞潔少女的愛，成為頭一個向她揭示愛情奧妙的人，這當然是一種巨大的幸福，但又是最簡單不過的事情。奪取一顆未受過異性進攻的心，無異於進入一座沒有設防、城門大開的城市。一個人所受的教育、責任感和家庭背景，都是十分堅定的哨兵，但是哨兵無論怎樣的警惕，也都逃不過一個十六歲少女的欺騙。因為大自然通過她心愛男子的聲音，向她提出最初的愛情建議，而且這些建議越是顯得純潔，就越具有火熱的威力。

同樣地，少女越相信善良，就越容易失身。即使不投入情人的懷抱，至少也會投入愛情的懷抱，因為她沒有戒心，也就沒有了防範的力量。要贏得她的愛，是任何一個有些意願的男子都能贏得的勝利。這種情況千真萬確，看看少女們的周圍，監視和防範多麼森嚴！然而，修道院的圍牆怎麼也不夠高，母親安的閨房門鎖怎麼也不夠牢，宗教訂的規範怎麼也不夠嚴密，根本關不住那些可愛的小鳥。甚至不須用鮮花引誘，她們也要逃出籠子。她們多麼嚮往人們掩藏不讓她們窺看的人世，又是多麼相信這人世是格外的誘人。因此，她們多麼樂意傾聽最先透過籠子的隔柱、向她們講述世間奧秘的聲音，多麼願意祝福最先撩起神秘布幕一角的那隻手。

然而，真正得到一名妓女的愛情，那才是異常難以獲得的勝利。在她們身上，肉體損耗了靈魂、感官燒毀了心靈、放蕩麻木了情感。別人對她們所說的話，她們早已熟知，別人所使用的手段，她們全都領教過。就是被她們激發出來的愛情，也已經被她們出賣了。她們的愛是種職業行為，而不是情感的衝動。她們精打細算地守護自己，比母親和修道院看管一名處女還有效。因此，她們創造出「逢場作戲」這個詞彙，用來界定她們有時不為賺錢所付出的情愛，並把這當做休憩、藉口或者安慰，就好像那些高利貸業者：他們剝削過成千上萬的人，偶然某一天借給快餓死的窮鬼二十個法郎，不收利息也不要借據，以為這樣就補償了他全部的罪過。

此外，當上帝果真允許一名妓女產生了愛情，那麼，最初這種愛情好像是一種寬恕，最後幾乎卻總會變成對她的一種懲罰。沒有懺悔，哪裡來的寬恕。一名過去飽受譴責的女人，突然深深墜入到不可抗拒的真愛情網，萌生了她從未相信過的愛情，而她又承認了這種愛，那麼她所愛上的那個男人就會牢牢地控制她！那男人自以為是，認為自己有權利殘忍地對她說：「比起您為金錢所做的，您為愛情並沒有多做什麼！」

於是，她們就不知道該如何證明自己的真情了。有這樣一則寓言：一個兒童在田野裡總喊著「救命啊！」以驚擾農夫們為樂；終於有一天，他就被一頭熊給吃掉了，因為經常受他捉弄的那些農夫，並不知道他這次是真的在求救。同樣地，當那些不幸的女子真心戀愛的時候，也會碰到這種情況。她們說過的謊言不計其數，以致再也沒有人相信她們。她們因而在愧疚中，被自己的愛情所吞噬。由此便產生那種忠貞不渝的感情、退隱苦修的行為，有些女子確實做出了這般的表率。

不過，倘若激發出這樣贖罪愛情的男子，有一顆能夠接納她的寬容之心，而不去追究她的過去。當他投身到這場愛情之中，會像對方愛他那樣去愛對方，那麼，這個人就會一下子享盡人世間所有的激情，他的心就會封閉、拒絕接納任何其他的愛情了。

這些想法，並非那天早晨我回家時所想到的，當時我只是對自己將要遭遇的事情有種預感。儘管我愛著瑪格麗特，一時之間卻也沒辦法預見這種結果。直到今天我才產生了這些念頭，正因為一切都無可挽回地結束了，對於已經發生的事情，自然而然就引發了這樣的思考。

還是回到我們兩情相悅的第一天吧！我回到家中欣喜若狂。一想到原先想像存在於我和瑪格麗特之間的障礙已然消失，一想到我擁有她了，還在她頭腦裡占有了一席之地，一想到口袋裡裝著她的家門鑰匙，還有權利使用，我就對生活感到心滿意足，顯得洋洋自得，也熱愛讓這一切實現的上帝。

某一天，一個年輕人走在街道上，和一名女子擦肩而過，他瞥了那名女子一眼，隨即就轉頭離開了。那女子與他素昧平生，她的歡樂、憂傷和情愛，都與他毫無關係。她並不曉得他的存在，如果他上前搭話，人家可能還譏笑他，就像瑪格麗特曾經對待我那樣。幾周、幾個月、幾年的時光流逝了，他們各自走在自己命運的道路上，生活在不同的範圍裡。不料機緣巧合之下，他們又突然相聚重逢。那位女子成為那個男人的情婦，並且愛他。這是怎麼回事？為什麼會這樣？他們兩人的存在合而為一了，而且親密關係才剛剛建立起來，他們就覺得一直存在已久。從前的一切經歷，在這對情侶的記憶中化為烏有。應當承認，這種現象很有意思。

就拿我來說吧！昨天之前的我是怎麼生活的，我再也不記得了。我的整個身心都處在亢奮狀態，總在回味第一夜交談的話語。要不是瑪格麗特的騙術極高，不然就是她對我突然有了一種強烈的愛情，而這種強烈的愛，從第一個吻時就突然顯現出來，但有時卻又忽生忽滅。

我越深入思考，就越覺得瑪格麗特毫無理由假裝愛我。我也越覺得女人有兩種愛情的方式：一是用心去愛，或是用感官去愛，而兩種方式互為因果。一個女人找一個情夫，往往只是順從感官的意願，不料卻了解到非物質之愛的奧秘，僅僅依靠心靈來生活了。一位少女在婚姻中，只想追求雙方純潔情愛的結合，卻往往突然發現到肉體之愛，這也是心靈最純潔感受所導致的有力結論。

我在浮想聯翩之中進入夢鄉，後來又被瑪格麗特送來的一封信叫醒。信的內容如下：

這是我的吩咐：今天晚上到沃德維爾滑稽歌舞劇院。第三次幕間休息時過來。

瑪・戈

我把這張便箋收藏到抽屜裡，以便心生疑慮時拿出來看看，手裡總有個真憑實據。只因我是個多疑的人。

她沒有讓我白天去看她，我便不敢貿然前往。但是，我又強烈渴望能在夜晚之前遇見她，於是去了香榭麗舍大道，果然跟昨天一樣，看見她乘坐馬車經過那裡，還從車上下來過。

到了晚上七點，我走進滑稽歌舞劇院。

我從沒這麼早來看戲過。

觀眾陸續入場，所有的包廂都坐滿了，只剩下一間還空著，即樓下側面的那間包廂。

第三幕開始時，我聽見那間包廂的門打開了。我幾乎目不轉睛地盯著那裡，果然看見瑪格麗特露面了。

她隨即走到包廂前面，四處放眼搜索觀眾大廳，看見了我，便用目光向我致謝。

那天晚上的她，光豔照人。

她如此地嬌媚，是為了我打扮的嗎？她真的愛我愛到這樣的程度，相信我越覺得她美就會越幸福嗎？我還不得而知。不過，如果這是她的本意，那她確實成功了。才剛一現身，就吸引了如潮水般的目光，連臺上的那名男演員也朝她望去，驚訝她一出現就引起了觀眾的騷動。

我擁有這個女人房間的鑰匙，再過三四個小時，她又將屬於我了。

人們指責一些為了女伶、情婦傾家蕩產的人，但令我詫異的是，那些人並非愛她們愛到如何地瘋狂。必定得像我這樣的人，經歷了這種生活之後才能了解，她們每天讓情人的小小虛榮心獲得滿足，才能這麼牢固地把情人對她的愛焊在心上。（我們使用「愛」這個字眼，只因找不出別的詞彙來形容。）

隨後，普呂當絲也在包廂裡就座，還有一個男人坐到後面，我認出是德·G伯爵。

看到他，一股寒氣襲入我的心頭。

毫無疑問地，瑪格麗特發覺到那名男人在她的包廂裡給我造成的影響，因而又朝向我微微一笑，還背對著伯爵，彷彿聚精會神地觀看演出。到了第三次幕間休息，她回頭對伯爵講了兩句話，伯爵便離開了包廂。於是，瑪格麗特便招呼我過去看她。

「晚安。」她見我走進包廂，一邊伸出手來，一邊對我說道。

「晚安。」我回答，同時問候瑪格麗特和普呂當絲。

「請坐吧！」

「我這樣不是占了別人的位置。德・G伯爵先生不回來了嗎？」

「會回來，我讓他去買糖果了，好讓我們能單獨聊一會兒，杜韋爾努瓦太太是自己人。」

「是的，我的孩子們，」杜韋爾努瓦太太說道，「我什麼也不會講出去。」

「今天晚上您怎麼啦？」瑪格麗特說著，就站起身來，走到包廂暗處吻了吻我的額頭。

「我有點不舒服。」

「那您應該去睡覺。」她接著說道，那種譏笑的神態，與她聰明伶俐的腦袋相得益彰。

「在哪裡睡？」

「在您家裡睡嘛！」

「您明明知道，我回家會睡不著。」

「那好，您就不要因為看見我包廂裡有個男人，就來跟我們噘嘴賭氣。」

「不是這個緣故。」

「算了，我還看不出來嗎？您這就錯了。好了，我們不說這件事了。等戲散場，您就去普呂當絲家，一直等到我叫您。聽清楚了嗎？」

「聽清楚了。」

我能不遵命嗎？

「您依然愛我嗎？」她又問道。

「這您還用問！」

「您想我嗎？」

「一整天都在想。」

「您知道我特別害怕愛上您嗎？您還是問一問普呂當絲吧！」

「噢！」那個胖女人答道，「可真是煩死人了。」

「現在，您回自己的座位上去。伯爵要回來了，沒有必要讓他在這裡碰見您。」

「為什麼？」

「因為您見到他，會感覺不舒服。」

「那倒不會。只是您如果早點跟我說一聲，說今晚希望到沃德維爾劇院來看戲，我完全也可以像他一樣，為您提供這間包廂。」

「只可惜，我從未向他提過，是他自己主動送給我，並表示願意陪我看戲。您完全清楚，我不能夠拒絕。我所能做到的，就是寫信告訴您我要去哪裡，好讓您見到我，因為我本身也希望早點看見您。既然您是這麼感謝我的，那麼我就記住這個教訓了。」

「是我不對，請您原諒。」

「好吧！乖乖地回到您的座位上。千萬注意，別再擺出一副吃醋的樣子。」

她再次吻了我，我就離開了。

在走廊裡，我遇見回去包廂的伯爵。

我回到自己的座位上。

說到底，德．G先生在瑪格麗特的包廂裡，根本不算什麼。他當過她的情人，買了包廂票陪她看戲，這是極為自然的事情。我既然找瑪格麗特這樣的女孩當情婦，那就必須接受她交際的習慣。

儘管這麼想，這個夜晚的後半段時間，我的心裡還是非常痛苦。而且散場之後看見普呂當絲、伯爵和瑪格麗特，一起登上劇院門口等候的馬車駛離，我離開時的心裡十分酸楚。

可是一刻鐘之後，我就來到普呂當絲家裡，她也剛好回來。

第十三章

「您來得真快，差不多趕上我們了。」普呂當絲對我說道。

「對，」我不假思索地答道，「瑪格麗特在哪裡？」

「在她家呢！」

「只有她一個人嗎？」

「跟德·G先生在一起。」

我在客廳裡大步地踱來踱去。

「喂，您這是怎麼啦？」

「讓我在這兒等待德·G先生離開瑪格麗特的家，您以為我覺得好玩嗎？」

「您怎麼也不講情理。要明白，瑪格麗特不能把伯爵趕出門。德·G先生跟她交往已有很長的一段時間，一直供給她大量的金錢，現在還在給呢！瑪格麗特每年開銷要十多萬法郎，她欠了不少債。她要多少錢公爵就給她多少錢，但是她不敢需要多少就向他要多少。她怎麼樣也不能跟伯爵鬧翻，人家每年至少給她一萬法郎。瑪格麗特很愛您，我親愛的朋友，但是考慮到你們各自的利益，您和她的關係就不要太認真了。七、八千法郎的年金，根本無法維持這個女孩的奢華生活，恐怕都不夠付她的車馬費。您還是接受原本的瑪格麗特吧！承認她是個聰明美麗的好女孩，當她一、兩個月的情人，送給她鮮花、糖果和劇院包廂票。其他的什麼都不要考慮，不要爭風吃醋，向她耍那種可笑的小脾氣。您完全明白自己是跟什麼人打交道，瑪格麗特可不是什麼貞潔的女子。她喜歡您，您也很愛她，其餘的事您就不必計較了。您動不動就耍小性子，我是覺得滿可愛的！您有巴黎最討人喜歡的情婦呀！她在豪華的住宅裡接待您，戴滿鑽石首飾，您只要願意，連一分錢都不用出。這樣您還不知足，活見鬼！您也太貪心啦！」

「您說得有道理，可是我控制不住自己，一想到那個男人是她的情夫，我就痛苦得要死。」

「首先，」普呂當絲又說道，「他還是她的情夫嗎？他不過是她用得著的一個男人。」

「瑪格麗特有兩天不讓他進門了。今天上午他又來，瑪格麗特沒辦法，只好接受他的包廂票，讓他陪著去看戲。現在，他又把她送回家，上樓坐一會，不會留下的，因為您還在這裡等著呢！我覺得這一切都很合理。再說了，您不是也能容忍公爵了嗎？」

「對！只不過，那是一位老人，我很肯定瑪格麗特不是他的情婦。況且，容忍一種關係往往還行，但兩種關係就無法容忍了。什麼都隨便容忍，太像有所圖謀了。而一個男人，即便出於愛情願意這樣做，也跟那些以這種通融謀生，賺取利益的卑下人沒什麼兩樣了。」

「唉！我親愛的，您也太古板啦！我見過多少人，都是身份最高貴，又都是最風流、最富有的人，他們都做了我勸您做的事情，也做得毫不費力，既不感到羞恥，也沒有愧疚感！這種情況其實屢見不鮮。巴黎這些風塵女子，每一個如果不是同時擁有三、四個情夫，您讓她們怎麼維持那種生活排場呢？一個情夫，不管多麼富有，獨自一人也供養不起像瑪格麗特這樣一個女人的開銷。有五十萬法郎的年金，在法國就是巨富了。可是，我親愛的朋友，有五十萬法郎的年金，也支撐不了開銷，跟您說說為什麼：一個有這樣收入的人，肯定有一座像樣的宅邸，還有馬匹、僕人、車輛，還要打獵、交朋友。他往往還結了婚，生了小孩，還要賽馬、賭博、旅行，我也不知道還有什麼名目！所有這些習慣都已經根深柢固，如果放棄了，勢必會鬧得滿城風雨，讓人以為他破產了。

「總而言之，一個人每年有五十萬法郎收入，一年內花在一個女人身上的錢，也不能超過四、五萬法郎，而且這就已經很多了。因此這個女人每年的開銷，就必須由其他的情人來補足。瑪格麗特的情況就好多了，也算是老天保祐，讓她碰到一個有千萬家產的老富翁。他的妻子、女兒都已經去世，幾個甥侄也都很有錢。那老富翁對瑪格麗特有求必應，也不要任何的回報。然而，她每年跟老人要的錢不超過七萬法郎，如果她想多要一些，我敢肯定，這老人雖然富有、雖然與她情同父女，也是會拒絕的。

「在巴黎，僅有兩、三萬年金的年輕人，也只能勉強維持他們在交際圈的生活。他們都非常清楚，一旦成為瑪格麗特這種女人的情人，他們的錢連付她房租和僕人的工錢都不夠。但是，他們裝作視而不見，並不會對她說出他們知道這種情況，他們覺得玩膩了，就一走了之。假如他們受到虛榮心的驅使，想要滿足她的所有需要，那麼他們就會像個傻瓜一樣，弄得傾家蕩產，留下十萬法郎的債務逃離巴黎，跑到非洲去丟掉性命。您認為那個女人會因此而感激他們嗎？才沒那回事。正好相反，她還會說為了他們，她犧牲了自己的身價，跟他們在一起時，還倒貼了錢財。哼！這些所有詳情細節，您認為說出來挺可恥的，對不對？但這些畢竟是事實。您是個可愛的小夥子，我打從內心喜歡您。我在靠人供養的女人堆中生活了二十年，知道她們是什麼樣的人、有多高的身價，我不希望看到您對一個漂亮女孩的逢場作戲太認真了。」

「除此之外，」普呂當絲繼續說道，「就算瑪格麗特非常愛您，一旦公爵發現了，會要求她在您和他之間做出選擇，她也因此斷絕了與伯爵、公爵的關係，那麼毫無疑問地，她為您做出的犧牲十分龐大。可是您呢，能為她做出什麼對等的犧牲嗎？等到您對這種關係感到厭倦了，不願意再維持下去時，那麼您又拿什麼去補償給她造成的損失呢？根本補償不了。您讓她脫離了原本可以保證她財富與未來的交際圈，要她把最美好的年華奉獻給您，然後就將她遺忘了。或者您也是個凡夫俗子，分手時就翻出她的舊賬，還對她說，您的行為只不過跟她其他的情人沒什麼兩樣，看著她不可避免地陷入苦難也丟下不管；或者說，您是個正人君子，認為無論如何也得把她留在您的身邊，您本人也無法避免地陷入到不幸之中。因為這種關係，對於年輕人還情有可原，但對於成年人來說，就不可原諒了。這種關係會成為一切的障礙，令您成不了家、立不了業，而成家立業，乃是男人第二次和最後所愛。請相信我吧！朋友，實事求是地對待事物，也實事求是地對待女人，無論在哪一方面，您都不能讓一名妓女有權聲稱是您的債主。」

普呂當絲這番話講得入情入理，邏輯性也出乎我的意料。我無言以對，只能承認她的話有道理。我伸出手給她，感謝她給我的忠告。

「好了，好了，」普呂當絲對我說道，「把這些煩人的論調，都拋得遠遠的。笑一個吧！生活是美妙的，我親愛的，只看人是戴什麼眼鏡去觀察了。對了，去問問您的朋友加斯東吧！他給我的印象，是以我這種方式去理解愛情的。您應當深信，這旁邊就有一位美麗女孩，她正焦急地盼望在她家的那個男人快點離去，我肯定她正在想您，她愛您，要跟您度過這一夜，您若是不深信這一點，可就一點也不懂得情趣了。現在，跟我到窗口來，看伯爵不久就會離開，讓位給我們了。」

普呂當絲打開一扇窗戶，我們並肩靠在窗欄上觀望。

她望著街上寥寥無幾的行人，而我則陷入沉思。

她對我講的這番話在我的腦中翻騰，我不能不承認她說得有理。然而，我對瑪格麗特這份發自內心的愛，很難和這種道理協調起來。所以我不時會嘆息一聲，引得普呂當絲轉過頭來，還聳聳肩膀，就像拿患者沒辦法的一位醫生一樣。

「人的感受這樣瞬息萬變，」我心中暗道，「才發覺人生是多麼地短暫！我認識瑪格麗特才兩天，從昨天起她才成為我的情婦，就這樣完全占據了我的思想、我的心靈和生命，連那個德・G伯爵去拜訪，都造成了我的不幸。」

伯爵終於走出來，又登上他的馬車，駛遠不見了。普呂當絲關上窗戶。

與此同時，瑪格麗特就招呼我們。

「快點兒過來，」她說道，「我們一起吃宵夜。」

我一走進屋裡，瑪格麗特就衝過來，一下就摟住我的脖子，使勁地親吻我。

「我們還要賭氣嗎？」她對我說道。

「不，沒事了，」普呂當絲回答，「我為他講明了道理，他也答應要學乖點。」

「這就好了！」

我不由自主地瞥了一眼，看到床鋪沒有弄亂。再看看瑪格麗特，她已經換上了白色睡衣。

我們圍著餐桌坐下。

嬌媚、溫柔、熱情，瑪格麗特全部具備，有時我不得不承認，我沒有權利向她提出其他要求了。多少人處於我這個位置會感到幸福，我應該像維吉爾[1]詩中歌唱的牧人那樣，只管享受一位天神，確切地說，一位女神所賜予我的歡樂。

我儘量付諸實踐普呂當絲的道理，像我的兩位女伴那樣快活。然而她們是自然的表現，我卻是努力後的結果，我那種神經質的笑聲欺騙過她們，其實跟哭差不多了。

宵夜終於吃完了，我單獨留下來陪瑪格麗特。她像往常那樣，走過去坐到火爐前的地毯上，神色憂傷地凝望著爐中的火焰。

她在想事情！在想什麼事情呢？我不得而知。我深情地，幾乎帶著恐懼注視她，心想我要做好為她吃苦的準備。

「你知道我在想什麼嗎？」

「不知道。」

「在想辦法，我想出了一個辦法。」

「什麼辦法？」

「我還不能向你坦白，但是可以告訴你會有什麼結果。結果就是再過一個月，我就自由了，再也不欠一點債了，我們可以一起去鄉間避暑。」

「您不能告訴我是用什麼辦法嗎？」

「不能，只需要你愛我就像我愛你一樣，那一定會很順利的。」

①・維吉爾（西元前七十—西元前十九）：古羅馬時代著名詩人，著有《牧歌集》、《農事詩》、《埃涅阿斯紀》三部經典著作。他的詩歌對拉丁文學和西方文學影響巨大。

「這辦法，是您一個人想出來的嗎？」

「對。」

「您會一個人去實行嗎？」

「有麻煩我一個人承擔，」瑪格麗特對我微笑道，而那微笑我永遠也忘不了，「有好處我們就共享。」

聽到「好處」這個詞語，我不禁臉紅了，聯想到瑪儂．萊斯科和德．格里厄一起，如何吃掉德．B先生的錢②……。

我站起身，口氣頗為生硬地回答：

「我親愛的瑪格麗特，您要允許我只享用由我所構想，和我辦的事情的好處。」

「這話是什麼意思？」

「這話的意思就是，我非常懷疑德．G伯爵先生在這個美妙計畫裡，是您的同謀。因此這一個辦法，無論是它的責任還是好處，我都不會接受。」

「您真是個孩子。我原本以為您愛我，看來我錯了。很好！」

說著，她站起身來，掀開鋼琴蓋，開始彈《華爾滋邀請舞曲》，一直彈到那個討厭的升半音那一節，一到那裡她總是會停下來。

究竟是出於習慣，還是為了提醒我們相識的日子呢？我所知道的，就是聽著這段旋律，我又回憶起當時的情景，於是我走到她的跟前，雙手捧住她的頭吻了吻。

「您原諒我了嗎？」我問她。

「您不是看得很清楚嘛，」她回答道，「但是您要注意，我們才相處第二天，就已經出現要我原諒您的事情了。您沒有好好履行盲目服從的諾言。」

「有什麼辦法呢，瑪格麗特，我太愛您了。您的一點點念頭，都會引起我的嫉妒。剛才您向我提出的這個建議，能讓我欣喜若狂，但是實施之前的這種神秘，卻又讓我心如刀割。」

「喂，讓我們想一想嘛，」她又說道，同時拉住我的雙手，帶著我無法抗拒的迷人微笑注視著我，「您愛我，對不對？您和我單獨去鄉下住上三、四個月，您會感到幸福，我也一樣。兩個人過一段清靜的日子，我不只會感到幸福，我的健康也有這種需求。我準備離開巴黎這麼久，不能不先整理一下自己的事務，而且像我這樣一個女人的事務，總是非常的混亂。嗯，我終於想出了將一切安排妥當的辦法，安排好我的事務和我對您的愛。是的，對您的愛，不要笑，我真的是發了瘋地愛上您！而您呢，又擺起架子來了，對我講起大話。孩子呀，真是個小孩子！您只記住我愛您就夠了，別的什麼也不要擔心。怎麼樣，就這樣說定了嗎？」

②．法國作家普雷沃神父（一六九七－一七六三）小說中《瑪儂．萊斯科》中的男、女主角，兩人合謀欺騙好色的B先生父子的錢，是該小說中的重要情節。

「就這樣說定了，您完全清楚，想怎麼做就怎麼做。」

「那麼，一個月之內，我們兩個就去一個村莊，在水邊散步、喝新鮮牛奶。我，瑪格麗特，講這樣的話，您可能會覺得很奇怪吧！我的朋友，這是因為巴黎的這種生活，似乎使我十分幸福，但是卻無法燃起我激情，快使我感到厭倦了。於是我突然萌生了一種渴望，想過一種能喚起我童年回憶的平靜生活。人不管後來變成什麼樣子，都會有他的童年生活。哦！您放心好了，我不會對您說，我是一位退休上校的女兒，在聖德尼③長大。我是個生在鄉下的可憐女孩，六年前還不會寫自己的名字。現在您該放心了，對不對？為什麼我要第一個告訴您，我萌生的這種渴望喜悅，還要跟您分享呢？當然是因為我看得出來，您愛我是為了我，而不是為了您自己，而別人愛我，從來都是為了他們自己。

「我經常會去鄉下，但是從來不是自己想去的。這種容易實現的幸福，我就指望您了，給我這種幸福吧！您可以在心裡這樣想：『她活不久了，有朝一日我會後悔，沒有替她做她求我做的第一件事，而那件事情又是那麼容易的一件事。』」

該怎麼回答這些話呢？尤其我第一夜的歡愛記憶猶新，又還在期待第二夜的歡愉。

一小時之後，我將瑪格麗特擁入懷中，當時她若要我去犯罪，我也會唯命是從。

早晨六點鐘我要離開，臨走時對她說：

「今天晚上見！」

她更加用力地擁抱我，但是沒有回答。

白天，我收到她的一封信，上面只有這樣幾句話：

親愛的孩子，我身體有一點不舒服，醫生囑咐我休息。今晚我要提早睡覺，就不見您了。不過，爲了補償您，明天中午我等您來。我愛您。

我頭腦裡冒出來的第一句話是：「她騙我！」

我的額頭沁出冷汗，我太愛這個女人了，這種懷疑亂了我的分寸。

照理說，我與瑪格麗特在一起，應該能預料到這種事幾乎天天會發生。從前跟我其他的情婦相處，也時常會發生這種情況，但我也不太在乎。可是這個女人，對我的生活怎麼會有這麼大的影響力呢？

這時候我想到，我既然拿著她家房門的鑰匙，為何不像往常一樣去看她？這樣，我很快就能了解真相，如果見到有個男人，我就打他耳光。

這時，我先去香榭麗舍大道，在街上逗留了四小時，卻沒有看到瑪格麗特出現。晚上，我跑遍了她常去的劇院，哪一間劇院都沒有見到她的蹤影。晚上十一點鐘，我前去昂坦街。

③．聖德尼：位於巴黎北郊的村鎮，十九世紀初榮譽勳位團於該地創辦了學校。

瑪格麗特住宅的窗戶沒有燈光。但我不管，還是拉了門鈴。

門房問我找哪一家。

「找戈蒂埃小姐。」我對他說道。

「她沒有回來。」

「我上樓去等她。」

「她家裡沒有人。」

顯而易見，這是一道禁令，我可以違抗，因為我有房門鑰匙，但是我怕鬧起來大家出醜，於是便走開了。

不過我沒有回家，只覺得我離不開這條街，眼睛也一直盯著瑪格麗特的家。似乎還有什麼情況需要了解，至少要把我的懷疑弄個水落石出。

將近午夜，一輛我熟悉的雙座轎式馬車停到九號門口。

德·G伯爵從車上走下來。將馬車打發走，便走進那座樓房。

我一時還懷抱著希望，門房會像告訴我那樣，對他說瑪格麗特不在家，隨後我會看見他出來。

然而，直到凌晨四點鐘，我還在那裡等待。

三個星期以來，我受盡了痛苦。但是，比起這一夜所受的痛苦，根本不算什麼。

第十四章

一回到家裡，我就像孩子般哭了起來。凡是男人，哪怕只有受過一次欺騙，就會深刻明白這種痛苦的滋味。

人總是自以為有勇氣堅持在衝動時所做出的決定，我就是在這種決定的壓力下，想到必須立即斬斷這一段情緣。我焦急地等待天明，好去預訂驛車的座位，回到我父親和妹妹的身邊，我有把握他們兩人的愛，絕對不會欺騙我。

然而，我不願意就這樣一走了之，讓瑪格麗特不明白我為什麼離去。一個男人，只有根本不再愛他的情婦，才會這樣不辭而別，連封信也不寫。

我反反覆覆，不知道打了多少封信的腹稿。

我所面對的那名女孩，和所有風塵女子一模一樣，被我過度美化了。她把我當成學童那樣對待，為了欺騙我，竟然耍了這麼簡單的一個花招，實在是欺人太甚，這是很明顯的事。於是，我的自尊心占了上風。必須要離開這個女人，卻又不能讓她得意地知道，這次斷絕關係給我造成了多大的痛苦。我眼含著悲憤的淚水，以最優美的字體，為她寫了以下一封信：

我親愛的瑪格麗特：

但願您昨晚的身體不適沒有大礙。昨天晚上十一點，我前去探問，得到回答說您還沒有回去。德．G先生運氣比我好一些，他隨後不久去拜訪，直到凌晨四點還待在您的家裡。

請原諒我讓您度過那些煩悶的時刻，還請相信，我永遠也不會忘記您給我的幸福時光。

今天我原本想去探望您，但是我打算回到我父親身邊了。

再見了，我親愛的瑪格麗特。我還不夠富有，不能按照我自己的意願去愛您。我也不那麼窮困，不能按照您的意願去愛您。讓我們都忘記吧！您呢，忘掉一個您不太在乎的名字。我呢，忘掉一種我不可能實現的幸福。

您的這把鑰匙現在奉還，我始終沒有用過，而您可能還用得著，假如您像昨日那樣時常生病的話。

您看到了，我如果不用一句放肆的挖苦話，就沒有勇氣結束這封信，這表明了我還多麼地愛她。

這封信我反覆讀了十多遍，想到它會讓瑪格麗特感到不舒服，我的心情才平靜了一點兒。我儘量利用信中所佯裝的情緒壯膽，等到僕人走進我的房間，我便把信交給他，要他立刻送去。

「要等回信嗎？」約瑟夫問我。（我的僕人跟所有的僕人一樣，都叫約瑟夫）

「如果問您要不要回覆，您就說不知道，在那裡等著就是了。」

我還抱著這種希望不放——但願她能回信給我。

我們真是可憐又軟弱的人啊！

我僕人出門的這段時間，我六神無主、坐立不安，時而回想起瑪格麗特如何以身相許，我捫心自問有什麼權利，為她寫這樣一封放肆無禮的信。按理說她完全可以回答我，並不是德．G先生欺騙我，而是我欺騙了德．G先生，這種辯解之詞，能允許不少女人有好幾個情夫。時而又回想起這個女孩的誓言，我試圖說服自己相信，我這封信寫得還是太溫和了，用什麼嚴厲的措辭，也不足以痛斥一個嘲弄我這樣真摯愛情的人。繼而我想到，也許我最好不要寫信給她，白天照樣去她的家中，這樣一來，我就會讓她流淚，當面出口氣。

最後，我還在想她會怎麼回答，我已經準備好相信她要做出的解釋了。

約瑟夫回來了。

「怎麼樣？」我問他。

「先生，」他回答道，「夫人還在睡覺，沒有起床呢！不過，等她一搖鈴，就會把信交給她。

如果回信，也會有人送來的。」

她還在睡覺！

不知有多少次，我就要派人去取回那封信，然而我的心裡總是這麼想：

「信也許已經交到她的手裡了。要是拿回來，反倒顯得我後悔不該寫信了。」

越是接近她可能回信給我的時刻，我越是後悔寫了那封信。

十點鐘、十一點鐘、十二點鐘，相繼敲響了。

中午時分，我幾乎想什麼事情也沒有發生地趕去赴約。但最終我也沒有想出什麼方法，掙脫箍住我的這個鐵圈。

這時，我懷著等待的人常會產生的迷信心理，認為我稍微出去一下子，回來就能收到回信。焦急等待的答覆，總是當人不在家的時候才送到。

我藉口吃午飯，便出了門。

這次我沒有照往常的習慣，去街角的富瓦咖啡館吃午飯，卻穿過昂坦街，跑到王宮大街一帶①去吃飯。每次我遠遠望見一個女人，就以為是納妮娜為我送回信來了。我穿過昂坦街，沒有遇到半個信差。到了王宮街區，我走進維里餐廳。服務生伺候我用餐，更確切地說，我不吃他也隨意幫我上菜。

我不由自主，眼睛總是盯著一座掛鐘。

我往回走的路上，確信一定能收到瑪格麗特的回信。門房那裡什麼信件也沒有收到。我還把希望寄託在我的僕人身上，可是我出去之後，他沒有見到有誰來過。

如果瑪格麗特要回信給我的話，信也早該收到了。

於是，我又開始後悔信裡寫了那種話。我本來應該完全保持沉默，這樣一來，她看我昨天沒有赴約，內心就會感到不安，必然會有所行動，問我沒有赴約的原因。到了那個時候，我就可以講給她聽了。接下來，她就只能為自己辯解，而我所希望的，也正是要她為自己辯解。我已經感覺到，無論她對我提出什麼理由，我都一定會相信，只要能見到她，讓我做什麼都好。

我甚至還認為，她會親自來我這裡，然而時間一小時一小時地過去了，她並沒有來。

瑪格麗特確實與眾不同，因為收到像我那樣一封信以後，很少女人不回敬幾句的。

到了傍晚五點鐘，我跑到香榭麗舍大道。

「假如遇見她，」我心中暗道，「我就擺出一副毫不在乎的樣子，讓她確信我已經不再想她了。」

在王宮大街轉角，我看見她的馬車駛過。這次的相遇突如其來，我的臉突然慘白。不知道她是

①．王宮大街：王宮為一六三三年紅衣主教黎塞留建造的紅衣主教府，亦稱王府，位於羅浮宮西側，現僅剩下王宮花園和附屬建築之一的法蘭西喜劇院。在法國大革命時期、帝國時期和波旁王朝復辟時期，王宮一帶是賣淫和賭博的集中地。

否看見我激動的樣子，而我一時間又特別慌亂，只能看見她的馬車。

我不再沿著香榭麗舍大道散步了。我看了看各家劇院的海報，覺得還有機會見到她。

王宮劇院有一齣戲首場演出，瑪格麗特肯定會去觀看。

七點鐘我到了劇院。

所有包廂都坐滿了人，但是瑪格麗特並沒有現身。

於是，我離開了王宮劇院，又跑遍了她常去的劇院，諸如沃德維爾劇院、雜耍劇院、喜歌劇院等等。

到處都看不到她的蹤影。

或許我的信過分刺痛她，令她無心看戲了。或許她怕撞見我，就乾脆躲避起來，免去一場解釋。

我走在大馬路上，正朝著虛榮心的思路想像，不料碰見加斯東，他問我是從哪裡來的。

「從王宮劇院來的呀！」

「我剛離開歌劇院，」他對我說道，「我原本以為能在那裡見到您呢！」

「為什麼？」

「因為瑪格麗特在那裡啊！」

「哦！她在那裡？」

「對呀。」

「獨自一個人？」

「不是，有她的一個女伴陪同。」

「沒有其他人？」

「德．G伯爵到她的包廂待了一會，但是她是跟公爵一起離開的。我無時無刻都以為您會出現。我旁邊一個座位一直空著，我想那肯定是您訂的位子。」

「為什麼瑪格麗特出現的地方，我就得去呢？」

「這還用說，因為您是她的情人啊！」

「是誰告訴您的？」

「普呂當絲，昨天我遇見她了。恭喜您啊！親愛的，那可是個漂亮的情婦，不是想要就能弄到手的。好好守住她，她能為您爭光。」

加斯東這些簡單的想法向我表明，我這樣賭氣惱火是多麼地可笑。

假如昨天能遇見他，聽他這樣說，那麼今天上午，我肯定不會寫那封愚蠢的信了。

我真想去普呂當絲家，拜託她去跟瑪格麗特說，我想跟瑪格麗特談談，但是又擔心她出於報復，回答一句恕不接待我。於是我走過昂坦街，回到了我的住所。

我再次詢問門房，是否有我的信。

根本沒有。

「也許她就是要等著看，我是否會有什麼新的舉動，會不會今天收回我的信，」我躺到床上這樣想道，「最後，她看到我沒有再寫信給她反悔，明天就會回信給我了。」

那個夜晚，我對自己的所作所為格外後悔。我孤單一人在家，睡也睡不著，心被不安、嫉妒齧咬著，假如當初什麼事我都順其自然，那麼此時此刻我會待在瑪格麗特身邊，聽她講迷人的情話，而那種情話我僅僅聽過兩次，在這孤寂中還使我臉燒耳熱。

處於這種狀況，最糟糕的是，從情理上來講是我錯了。按理說，一切都向我表明，瑪格麗特愛我。首先，她計畫與我單獨去鄉間，度過整個夏天；其次，可以肯定，沒有什麼逼迫她非做我的情婦不可。因為我並不富有，滿足不了她的生活需要，甚至不夠她隨意的花費。因此，她唯一希望的，是在我身上找到一種真摯的感情，一種使她在賣笑的生涯中獲得休息的真情。可是才第二天，我就摧毀了她的這種希望，還用放肆的嘲諷回報她給我的兩夜恩愛。我的這種行為何只可笑，簡直是粗魯卑鄙。第二天就不辭而別，難道我不像個晚宴之後，害怕人家讓我埋單的情場食客嗎？我付給這個女人多少錢，自認為有權力譴責她的生活？怎麼！我認識瑪格麗特才三十六小時，當她的情人才二十四小時，我就這樣耍脾氣。她跟我分享愛，我不僅不感覺到慶幸，反而想獨占一切，逼迫她斷絕過去的關係，而那些關係正是她未來的生計來源。我憑什麼指責她呢？什麼也沒有。本來她可以赤裸裸地告訴我，她要接待一個情人，就像某些直白得令人難堪的女人那樣。然而，她卻寫信跟我說她身體不舒服。我非但不相信她信中所說的，到昂坦街以外，巴黎所有的街道去散步，沒有約朋友一起度過那個夜晚，第二天再按她指定的時間赴約，反而扮演起奧塞羅②的角色，窺探她的行蹤，還以為再也不見她就是對她的懲罰。其實恰恰相反，她一定巴不得這樣分手，也一定認為我是個天大的傻瓜，而她保持沉默，連怨恨都談不上，那只是一種鄙夷。

看來，我本來應該送給瑪格麗特一件禮物，不讓她對我的慷慨心存一點懷疑。進而把她當做妓女一般對待，就當跟她銀貨兩訖。然而我早就認為，哪怕只有一丁點交易的跡象，也會傷害到我們的愛情，即使傷不了她對我的愛，至少也傷了我對她的愛。而且，這種愛極為純潔，容不得他人染指，無論對方所給予的幸福多麼短暫，多麼貴重的禮物也都償還不了。

以上就是這個失眠的夜晚，我一再重複的想法，也是我隨時準備好要對瑪格麗特講的話。

天亮了我還沒有睡著，渾身發燒，一心只放在瑪格麗特身上，不可能想別的什麼事情。

正如您所能理解的，此刻我必須當機立斷。要麼跟這個女人了斷，或者跟我的顧忌了斷，當然這也要她同意接待我才行。

然而您也知道，人總是在下決定前猶豫不決。這樣，我在家裡待不住，又不敢貿然去見瑪格麗特。因此不妨試試接近她的一種辦法，若是成功了，就說事出偶然，也可以維護我的自尊心。

②．奧塞羅：莎士比亞同名悲劇《奧塞羅》中的主角，他多疑而嫉妒，受部下挑撥而殺愛妻。後來用來指涉愛吃醋、多疑的丈夫。

已經九點了，我跑到普呂當絲家中。她問我這麼早登門，有什麼事情？

我不敢對她直說我的來意，只是回答說我一大早出門，是為了訂去C城的驛車的座位，家父就住在C城。

「您的運氣真好，」普呂當絲對我說，「趕在這樣的晴天離開巴黎。」

我注視著普呂當絲，心想她是不是在嘲笑我。

她倒是一臉正經的神情。

「您想去跟瑪格麗特道別嗎？」她又問道，始終是一本正經的神態。

「不去道別。」

「您做得對。」

「您這樣認為？」

「當然了。您既然跟她斷絕關係了，又何必還要去見她呢？」

「您知道我們斷絕關係了？」

「她把您的信給我看了。」

「她怎麼對您說的？」

「她對我說：『我親愛的普呂當絲，您引見的這個人真沒禮貌：這種信，只能在心裡想想，誰也不會寫出來的。』」

「她講這話是用什麼口氣？」

「笑著說的，她還補充一句：『他在我這裡吃了兩頓宵夜，都不來看我說聲謝謝。』」

這就是我那封信和我的嫉妒所產生的效果。我愛情的虛榮心受到了極大的侮辱。

「昨天晚上她在做什麼？」

「去了歌劇院。」

「這我知道。後來呢？」

「她回家吃宵夜。」

「獨自一個人？」

「我想，有德．G伯爵陪伴吧！」

這樣看來，我和瑪格麗特決裂，也絲毫沒有改變她的習慣。

碰到這種情況，有些人就會對您說：

「不要再想這個女人了，反正她也不愛您。」

「好哇！我很高興看到，瑪格麗特沒有為我傷心。」我勉強一笑，又說道。

「她做得太對了。您做了自己應該做的事，表現得比她更理智，因為，這個女孩愛您，總把您掛在嘴巴上，什麼荒唐事都做得出來。」

「她既然愛我，為什麼沒有回信給我呢？」

「就因為她明白，她不應該愛您。再說了，女人有時允許別人欺騙了她們的愛情，但是絕對不允許別人傷害她們的自尊心。無論是誰，跟一名女人相愛了兩天就離開她，不管他為這種決裂給出什麼理由，總會傷害到那個女人的自尊心。我很了解瑪格麗特，她寧願死也不會回信給您。」

「那我該怎麼辦？」

「沒有怎麼辦。她會忘記您，您也要忘記她，你們彼此都沒什麼好指責對方的。」

「假如我寫信給她，請求她原諒我呢？」

「您可千萬別寫，她會原諒您的。」

我真想撲上去，摟住普呂當絲的脖子。

一刻鐘之後，我回到家中，為瑪格麗特寫了這樣的一封信：

有個人昨天寫了一封信，後悔莫及。如果得不到您的寬恕，明天他就要動身離開巴黎了。他渴望知道什麼時候能匍匐在您的腳下，向您表達悔意。

他什麼時候能單獨見您呢？因爲您知道，要懺悔的話，是不應該有旁人在場的。

我摺好了這封散文體情詩的書信，派約瑟夫送去。他親手把信交給瑪格麗特本人，對方說晚一些時候會回覆。

我只出去一會用晚餐，等到晚上十一點，還沒有收到回信。

於是我決定不再苦熬下去，決定隔日就動身。

既然做出這種決定，就開始收拾行李，反正我上床也肯定睡不著覺。

第十五章

約瑟夫和我忙了一小時，讓我做好出發的準備，忽然聽到有人猛力地拉門鈴。

「要不要開門？」約瑟夫問我。

「去開門吧！」我對他說道，心裡納悶這麼晚了有誰會來我家，我實在不敢猜想會是瑪格麗特。

「先生，」約瑟夫回來對我說道，「來了兩位女士。」

「是我們，阿爾芒。」一個聲音向我喊道，我聽出是普呂當絲。

我走出臥室。

普呂當絲站在那裡，正欣賞客廳裡擺設的幾件古玩，而瑪格麗特則坐在長沙發上，一副若有所思的樣子。

我一走進客廳，便一直走到她面前，雙膝跪下，抓住她的手，激動萬分地對她說道：「請原諒我。」

她吻了一下我的額頭，對我說道：

「我這已經是第三次原諒您了。」

「本來我明天就要走了。」

「那麼我來拜訪，怎麼能改變您的決定呢？我前來不是要阻止您離開巴黎的，我來這裡，是因為白天沒有時間寫信給您，又不願意讓您以為我對您生氣了。普呂當絲還不願意讓我來，她說我還可能打擾您呢！」

「您，打擾我？您，瑪格麗特！怎麼會呢？」

「怎麼不會！說不定您這裡有個女人呢，」普呂當絲答道，「她看見一次來了兩個女人，可不會覺得好玩。」

在普呂當絲表示這種看法時，瑪格麗特則專注地看著我。

「親愛的普呂當絲，」我回答道，「您在這裡胡說些什麼呀？」

「您這間房子，倒還滿雅致的，」普呂當絲接著說道，「那間臥室，能進去看看嗎？」

「可以呀！」

普呂當絲走進了我的臥室，她並不是真的要參觀，而是想彌補一下剛才所說的蠢話，知趣地避開，讓瑪格麗特和我單獨談談。

「您為什麼把普呂當絲也帶來了呢？」於是我問瑪格麗特。

「因為她陪我看戲，再說從這裡離開的時候，我也希望有個人陪我。」

「不是有我陪伴嗎？」

「是不錯。但是我不想打擾您，另外我很確信到了我家門口，您肯定會向我要求上樓進去我家。由於我不能答應，我便不想讓您離開的時候，有權指責我把您拒於門外。」

「為什麼您不能接待我呢？」

「只因為我受到嚴密的監視，稍微引起懷疑，就會為我帶來極大的損害。」

「真的只有這個理由嗎？」

「如果還有別的理由，我就會告訴您了。我們兩個人彼此之間，不應該再有什麼秘密。」

「嗯，瑪格麗特，我不願意再繞圈子，才說出我要對您說的話。老實的說吧！您有一點點愛我吧？」

「很愛您。」

「那麼，您為什麼欺騙我？」

「我的朋友，假如我是某某公爵夫人，有二十萬利弗爾①年金，做了您的情婦，又另外找了一個

①．利弗爾：法國舊有的記帳貨幣，約等於一法郎。

情人，那麼您就有權問我為什麼欺騙您。然而，我是瑪格麗特·戈蒂埃小姐，有四萬法郎的債務，沒有一丁點的財產，每年我還得花費十萬法郎。因此，您所提的問題毫無意義，用不著回答。」

「原來是這個道理，」我說著，就把頭偏到瑪格麗特的膝蓋上，「可是我呢，卻像一個瘋子似的愛您。」

「那好，我的朋友，您就少愛我一些，多理解我一些。您的那封信讓我十分難過。假如我是自由的，那麼前天我就不用接待伯爵，或者接待了他，我也會來這裡請求您的原諒，就像剛才您請求我的原諒一樣。而且從今以後，除了您，我也不會再有別的情人。我曾一度以為，我可以享受這種幸福半年。然而您卻不願意，一定要了解我是用什麼辦法。哼！我的上帝，這辦法很容易就能猜出來。我採用這種辦法，做出了極大的犧牲，遠遠超出您的想像。本來我可以對您說：『我需要兩萬法郎。』您既然愛我，就會籌到這筆錢，但是將來您就有可能因此怪我。我寧願什麼也不虧欠您，而您卻沒有理解我的這番苦心。這確實是我的用心良苦。我們這種女人，還有一點良心的時候，說話做事都帶有一般女人辦不到的深刻含意。我再向您重複一次，瑪格麗特·戈蒂埃本人會找到還債的辦法，不會向您要她必需的款項，這就是一番苦心。您應該一聲不吭的接受。假如您今天才認識我，那麼您聽了我的承諾就會高興萬分，絕不會過問我從前做了什麼。有時候，我們不得不犧牲些肉體，來換取心靈上的一點滿足。不過，等到這種滿足離我們遠去之後，我們就會感到更加痛苦了。」

我懷著欽佩的心情，傾聽並注視著瑪格麗特講話。這位出色的女性，我從前渴望親吻她腳的女性，肯讓我進入她的頭腦了解情況，還讓我在她的生活中占有一席之地。她給予了我這些我還不滿足，想想人的欲望還真是沒有止境，就像我這麼快欲望就得以如願，又想垂涎別的東西了。

「的確，」她又說道，「我們這些受到命運擺布的女人，所產生的欲望很怪異，產生的愛情也很不可思議。我們，時而為了這樣東西，時而又為了另一樣東西而以身相許。有的人為我們傾家蕩產，卻什麼也沒有撈到；還有的人只送了一束鮮花，就得到了我們。我們的心往往任性，這也是它僅有的消遣、唯一的擋箭牌。我對你一見傾心，我向你發誓，比跟任何男人都要快。為什麼呢？就因為你一看見我咳血，便馬上抓住我的手，因為你流了淚，因為你是世界上唯一打從心裡憐憫我的人。我來告訴你一件荒唐事：從前我養了一條小狗，在我咳嗽的時候，牠就一副憂傷的樣子看著我，牠是我唯一愛過的生命。

「小狗死的時候，我流的眼淚比我母親去世還多。這倒也是，母親生我之後的十二年間，動不動就打我。就這樣，就像疼愛我的狗一樣，我立刻就愛上了你。假如男人們知道能用一滴眼淚換取到什麼，那麼他們就會多得幾分喜愛，我們也將少毀滅幾分人家的財產。

「你的信表明了你的不同面目，向我揭示了你不能完全做到心靈的溝通，而且，它傷害了我對你的愛情，超越了你所能為我做的任何事情。它固然還是出於嫉妒，但這種嫉妒是嘲諷式的、放肆無禮的。看了你那封信，我已經夠傷心的了。本來指望中午見面，跟你一起吃飯。總之，讓面談消除一直糾纏著我的念頭，在認識你之前，即使有這種念頭我也無所謂。」

「況且，」瑪格麗特接著說道，「只有在你的面前，我才能夠自由地思考、講話。圍繞著我這種女孩打轉的那些人，都喜歡揣測我們的一言一語，從我們微不足道的行為中得出結論。我們當然沒有朋友，只有一些自私的情人。他們揮霍財產，正如他們所顯現的那樣，並不是為了滿足我們，而是為了滿足他們的虛榮心。

「對於那些人，他們快樂的時候，我們也必須高興；他們要吃宵夜，我們必須表現出胃口好；他們懷疑什麼，我們也必須跟著懷疑什麼。總之，我們不准有自己的情緒，否則就要遭人笑罵，毀掉自己的聲譽。

「我們不再屬於我們自己，我們也不再是有血有肉的人，而是一件物品。我們在他們的自尊心上排在前面，在他們的尊重裡排到最後。我們有一些女友，像普呂當絲這樣的女友，她們往日也是妓女，現在仍然喜歡揮霍，可是年齡不饒人。於是，她們便成為了我們的朋友，確切地說，成為了我們的食客。她們的友誼能一直達到低三下四的地步，但是永遠到達不了無私的程度，她們只會幫妳出一些有利可圖的主意。我們的情人就算再多出十個，她們也覺得無所謂，只要能撈到幾件衣裙，或者一副手鐲就行，只要能不時乘坐我們的馬車出遊，到我們的包廂看戲就行。她們拿走我們隔夜的鮮花，借用我們的喀什米爾披肩。她們從來不白白幫忙，哪怕做一點點小事，也要索收雙倍的報酬。你也親眼看到那天晚上的情景：普呂當絲應我的請求，替我向公爵要來六千法郎，當時就跟我借了五百法郎，而這筆錢她永遠也不會還我，再不然就是拿我永遠不會戴的帽子抵賬。

「因此，我們只能有，確切一點說，我只能有一種幸福，就是我這樣一個時常憂傷，又總是病懨懨的人，能找一個比較超脫的男子。他從不盤問我的生活，只注重我的感覺而忽略我肉體的情人。這種人，我在公爵的身上找到了。然而公爵畢竟年紀大了，而年邁之人既不能保護人，也不能安慰人。我原本以為能夠接受他為我所安排的生活，可是有什麼辦法呢？我煩悶得要命，一個人既然註定要遭受折磨而死，那麼被炭火的煤氣熏死，不如跳進大火裡燒死也一樣。

「正是這種時候，我遇見了你，一個熱情而幸福的青年。我試圖把你變成我在喧鬧的孤獨中，所呼喚的那名男人。我在你身上所喜愛的，不是你現在的這個人，而是你應當變成的那個人。你不接受這一個角色，認為它配不上你而丟棄它，那麼你也是個平庸的情人。那你也照別人那樣做，付給我錢，這件事也不要再提了。」

瑪格麗特這樣子長篇大論，表白之後就疲憊不堪，仰身倒在長沙發上。她用手帕捂住嘴，乃至於矇上眼睛，以便憋住一陣輕微的咳嗽。

「對不起，對不起，」我訥訥地說道，「這一切我早就明白了，不過還是想聽您親口說出來，我親愛的瑪格麗特。讓我們只記住一件事，其餘的全部忘掉：記住我們擁有彼此，我們年輕，我們也相愛。

「瑪格麗特，妳就隨意支配我吧！我就是妳的奴隸、妳的狗，但是，看在上天的份上，還是把我寫給妳的信撕掉吧！不要讓我明天啟程，那樣我會傷心死的。」

瑪格麗特從衣裙的領口裡掏出我的那封信，交還給我，還微微一笑，以難以描摹的溫和語氣對我說道：

「拿著，我幫你拿來了。」

我撕掉信，眼眶含著熱淚親吻伸給我的那隻手。

這時，普呂當絲從裡面出來了。

「說說看，普呂當絲，您知道他向我請求什麼嗎？」

「他請求您的原諒。」

「正是如此。」

「您原諒他了嗎？」

「怎麼樣也得原諒。不過，他還有別的要求。」

「還要求什麼？」

「他要和我們一起去吃宵夜。」

「您同意嗎？」

「您看怎麼樣？」

「我看你們是兩個孩子，兩個都沒有什麼頭腦的孩子。不過考慮到我也很餓了，您越是早一點同意，我們就越能早點吃到宵夜。」

「好吧，」瑪格麗特說道，「我們就三個人擠在我的馬車裡吧！對了，」她向我轉過身來，又補充一句，「納妮娜一定睡了，由您開房門吧！拿好我的鑰匙，千萬別再搞丟它了。」

我摟住瑪格麗特，幾乎使她喘不過氣來。

這時候，約瑟夫走進來。

「先生，」他一副自鳴得意的樣子，對我說道，「行李整理好了。」

「全都捆好了嗎？」

「是的，先生。」

「那好，打開吧！我不走了。」

第十六章

阿爾芒對我說：這段關係最初的情景，我本來可以三言兩語就向您講完了，但是我想讓您清楚地看到，我們經過了怎樣的波折，才能逐步達到這種默契。即我對瑪格麗特百依百順，而她也只能與我一起生活。

就在她來找我那晚的隔日，我派人將《瑪儂·萊斯科》送給她。

既然我改變不了我情婦的生活，從那時候起，我便改變了自己的生活。

首先，我不容許自己有閒暇思考我剛剛接受的角色，因為一想起這件事，我就會頓時產生強烈的悲哀感。我的生活向來很清靜，一下子就進入到喧鬧而凌亂的氛圍。不要以為一名不貪圖您錢財的風塵女子，她的愛情不花您多少錢。要知道，情婦總會有千百種小嗜好，比什麼都花錢，諸如鮮花、包廂、宵夜、郊遊等等，都是不能拒絕的。

我曾對您說過，我並不富有。家父住在C城，過去到現在都是稅務官。他為人正派，有極高的聲望，因而能籌措到任職必須繳納的保證金。他這一項職務的年金為四萬法郎，擔任十年下來，他還清了保證金的借款，還特意替我妹妹積攢了一筆嫁妝費，他是世間最值得尊敬的人。家母去世時留下了六千法郎年金，而父親申請職務獲得批准的那天，他就把那筆年金平分給我們兄妹倆。後來，到了我年滿二十一歲那年，他在我這一小筆收入上，每年又增加了五千法郎的生活費。他明確對我說，我有這八千法郎，如果又在律師界或者醫療界找到一個職位，那麼我在巴黎就能生活得很愜意。於是我到巴黎攻讀法律學位，取得了律師證書。然而，我跟許多青年一樣，將我的證書塞進口袋裡，過起巴黎這種悠閒自在的生活。我的開銷極為有限，八個月就花完了我一年的收入，夏季再回到父親身邊度過四個月，這就等於我享用了一萬兩千法郎的年金，還贏得了好兒子的名聲。而且，沒有一分錢的債務。

這就是我結識瑪格麗特時的生活狀況。

您明白的，我的生活開銷不由得增加了。瑪格麗特天生就特別任性，她這種女人，生活總離不開各式各樣的消遣，而且從來不把這類消遣當做巨大的消費。結果就出現了這種局面：她盡可能安排多一些時間與我在一起，上午就寫信給我，約我共進晚餐，但不是去她家中，而是在巴黎市內或者郊區的一家餐館裡。我要接她一同去吃晚飯，再去看戲，然後還經常吃宵夜，每天晚上我要花費四、五枚路易金幣。這樣每個月就花掉兩千五百到三千法郎，也就是說，三個半月就用完了我一年的收入，其餘的時間難以為繼。我不是舉債，就是得離開瑪格麗特。

然而，除了後一種情況，什麼我都可以接受。

請原諒我給您講述這些瑣碎細節，但是往後您會明白，這些正是後來發生事情的起因。我向您講述的是一個真實、簡單的故事，原樣保留樸實無華的各種細節以及自然單純的發展過程。

於是我明白，世上任何東西都無法使我忘記我的情婦。因此，我必須設法應付她增加給我的開銷。——再者，我愛得神魂顛倒，一離開瑪格麗特，就感到度日如年，有必要將這種時刻投入到某種激情的火中焚燒，好讓時間飛快過去，讓我無法察覺地度過。

我從自己那一小筆資本當中，先拿出五、六千法郎去賭博。自從賭場被取締拆毀之後，到處都可以賭博了。從前走進弗拉斯卡蒂[1]，總還有贏錢的運氣。那時賭現金，即使輸掉了，也能自我安慰地這樣想：輸贏都有同等的機會。如今就不同了，有些俱樂部還能照規矩兌現輸贏。在其他地方幾乎可以肯定，如果贏到一大筆錢，也拿不到手。是什麼原因，也不難理解。

前往賭博的人，無非是那些開銷大、又缺少必要的財力維持那種生活的年輕人。他們賭博，自然而然就會產生這種結果：輸家得替贏家支付車馬費和情婦供養費，這就很討厭了。一筆筆賭債，在賭桌周圍建立起來的關係，最終演變成為爭執，總會有些危及名譽和生命。一

①・弗拉斯卡蒂：位於巴黎蒙馬特爾大街二十三號附近，是飲食娛樂和賭博的場所，於一七九六年開業，建築風格仿效義大利那不勒斯的弗拉斯卡蒂花園。

些體面的人，往往被非常體面的年輕人搞到破了產，而那些年輕人若說有什麼缺點，也只不過是沒有二十萬利弗爾的年金。

那些在賭博中作弊的人，就沒有必要向您提了，他們總有一天要去一個地方，只是審判來得晚一些。

就這樣，我投身到這種飛速、喧鬧而激烈的生活中。而這種生活，從前想一想就要嚇破膽。如今對我來說，卻變成了我對瑪格麗特愛情必要的補充。您叫我有什麼辦法呢？

夜晚如果不在昂坦街度過，獨自待在家裡，我會難以成眠。嫉妒讓我睡不著覺，像火一般燒灼著我的思緒和血液；而賭博則能把這種侵襲我心靈的狂熱暫時引開，引導向另一種熱中的事物。我不由自主地被其中的利益所吸引，直到我該去會情婦的時刻為止。時候一到，無論我是輸是贏，總會義無反顧地離開賭桌，並且憐憫那些被我丟下、不能像這樣離開賭桌就能獲得幸福的那些人。從這一點上我就能看出，我的愛情有多麼強烈。

對大部分賭徒來說，賭博是一種需求，而對我來說，這只是一種權宜之計。

我何時不再愛瑪格麗特，何時就不再賭博了。

因此，在一場場賭博中，我相當保持冷靜，輸錢還是贏錢都有限度，不超過我身上所帶的錢數。

再說，我的手氣很好。我不欠賭債，但我的花費是賭博之前的三倍。這種生活難以抗拒，它讓我毫無困難就能滿足瑪格麗特推陳出新的各種嗜好。至於瑪格麗特，她始終那麼愛我，甚至於更愛我了。

正如我對您講的那樣，起初，她只有在午夜至清晨六點接待我，後來不時允許我一起在包廂裡看戲。再後來，她偶爾還來和我一起吃晚飯。有一天早上，我直到八點才從她那裡離開，還有一天甚至還留到中午才離去。

在瑪格麗特精神發生變化前，她的身體已經先有了變化。我早就設法幫她治病，這位可憐的女孩猜出我的用意，便聽從我的話，以表現對我的感激。我沒有費什麼周折，也沒有花什麼力氣，就幾乎使她擺脫了從前的習慣。我的醫生在的時候，我派人找了她來看診，那醫生就對我說過，只有休息和保持安靜，才能保持她的健康。因此，我用有益於健康的生活和按時睡覺的制度，逐漸取代了宵夜和失眠。瑪格麗特不由自主地習慣了這種新型生活，她也感受到這種生活有益於身體健康的效果。她開始在自己家裡度過了幾個夜晚，或者，如果天氣好的話，她會披上一條喀什米爾披肩，再戴上面紗，我們就像兩個孩子一樣，趁著夜色在香榭麗舍大道一帶的幽徑上漫步。她回家時感到累了，稍微吃點東西，再彈一會兒鋼琴，或者看一會兒書，就上床睡覺了。這種情況她過去可從未有過。現在她幾乎不咳嗽了，想當初每次我聽見她咳嗽，就有一種撕心裂肺的感覺。

六個星期下來，伯爵已經被她完全捨棄，不見蹤影。只有對公爵還有所顧忌，我不得不隱瞞我和瑪格麗特之間的關係，不過也經常會有這種情況發生：我在她家裡，公爵來了就被打發走，推說夫人正在睡覺，不准許別人叫醒她。

到頭來，瑪格麗特養成了按時見我的習慣，這甚至成為她的一種需求。因此，我就像個機靈的賭徒那樣見好就收。我贏的錢總計下來，有一萬多法郎，覺得這是我用之不盡的一筆資金。

我習慣探望父親和妹妹的時期又到了，但是卻沒有動身。因此，我經常收到他們催促我回去的信件。

每次收到催促的家書，我都會儘量回覆，總是重複說我的身體很好，也不缺錢花用。我認為有這兩點，即使我一再推遲一年一度的探親，也多少可以安慰我的父親。

在這段期間，有一天早晨，瑪格麗特被燦爛的陽光喚醒，她跳下床，問我是否願意帶她去鄉間玩個一天。

瑪格麗特派人去叫普呂當絲，還吩咐納妮娜告訴公爵，就說她要利用這好天氣，與杜韋爾努瓦太太一起去鄉下遊玩。然後，我們三人便乘車出發了。

帶著普呂當絲，除了是讓老公爵放心之外，她這種女人似乎天生適合郊遊。她總是那麼快活，胃口又總是那麼好，一刻也不會讓她陪伴的人感到煩悶。她還特別擅長點菜，什麼雞蛋、櫻桃、鮮奶、煎兔肉，以及巴黎郊區午餐的各種傳統食物。

現在我們只差決定要去哪裡了。

還是普呂當絲替我們解決了難題。

「你們是要去真正的農村嗎？」她問道。

「對。」

「那好，我們就去布吉瓦爾[②]吧！那兒有阿爾努寡婦所經營的黎明旅館。阿爾芒，您去僱一輛輕便馬車吧！」

馬車行駛了一個半小時，我們就抵達了阿爾努寡婦的旅館。

也許您知道那家鄉村旅館，它平日是間旅館，星期天就成為可供跳舞的小酒館。它的花園地勢有普通二樓那麼高，站在那裡眺望，就能發現到一片美景。左側，阿爾利高架引水渠遮住天邊；右側，丘巒一望無際。塞納河在這個地方幾乎不見湍流，好似一條展開的白色寬緞帶，在加比靈斯平原和克羅瓦西島之間閃閃發亮，由兩岸高高顫動的楊樹，以及竊竊私語的柳樹永恆地哄著入睡。

再往遠方望去，一些紅頂的白色小屋和廠房，沐浴在陽光裡。那些廠房也因遠眺的緣故，失去了冷酷的商業特性，反倒給這片自然風光增添了色彩。

極目所見，巴黎籠罩在煙霧之中！

正如普呂當絲對我們所述，這裡是真正的鄉野；我還應該說，這是頓真正的午餐。

②．布吉瓦爾：位於巴黎西部的法國小村鎮，座落於塞納河畔，是十九世紀巴黎人郊遊踏青的勝地。

我會這樣說，並不是因為感激這裡所為我帶來的幸福。布吉瓦爾名字雖然難聽，卻是人們所能想像最秀美的地方。我也遊歷過許多地方，欣賞過十分壯麗的景色，但是說到賞心悅目，就要數這個坐臥在山腳下、由山巒所庇護的歡快小村莊。

阿爾努太太提出帶我們坐小船遊河，瑪格麗特和普呂當絲歡歡喜喜地接受了。

人們總會把鄉村和愛情聯繫起來，這樣做很有道理。最適合伴隨在心愛女子周圍的，莫過於藍天、芳草、鮮花、和風、田野和樹林澄瑩的寧靜。無論怎麼強烈地愛一名女子，無論對她怎麼信賴，也無論她的過去怎麼讓人對未來充滿信心，這個男人總是多少難免有點嫉妒。假如您愛過一個女人，真心地愛過，您一定會感覺有需要把心愛的女子與世隔絕起來，終日與她廝守。心愛的女子無論對周圍怎樣無動於衷，只要一接觸到男人和事物，她的芬芳與完整似乎就要散失幾分。這種體會，我比任何人都更深刻。我的愛情不比尋常的愛情。當然，我也像一個普通人那樣戀愛，但我愛的是瑪格麗特．戈蒂埃，也就是說，在巴黎我每走一步，都可能碰到這個女人的一個舊情人，或者明日的情人。在農村則不然，周圍的人我們從未見過，他們也並不注意我們。處在一年一度春意盎然的大自然懷抱裡，又遠離城市的喧囂，我對這樣一個女人的愛就可以不為人知，可以毫無羞恥和畏懼地去愛她。

交際花的形象，在這裡逐漸消失。在我身旁的是一名年輕美麗的女子，我們彼此相愛，她名叫瑪格麗特。她的過去已經無影無蹤，她的未來則是一片光明。陽光照耀著我的情婦，如同照射在最貞潔的未婚妻身上。我們漫步的地方多麼迷人，彷彿天造地設一般，特意讓人回憶起拉馬丁[3]的詩句，或者歌唱思居多[4]的歌曲。瑪格麗特身穿一件白色衣裙，偎依在我的手臂上，夜晚在星空下，她又向我重複昨天夜裡對我講過的話。遠方塵世的生活還在繼續，但是它的陰影，並沒有遮蔽住我們的青春和愛情的歡樂情景。

這就是，那天驕陽穿過葉叢所帶給我的夢幻。當時我們登上了一座河中小島，我躺在草地上，擺脫從前羈絆她的一切人際關係，任由自己的思想馳騁，一路採擷所有的希望。

此外，從我躺著的地方，我望見岸邊一座賞心悅目的三層小房屋，外頭圍繞一道半圓形的柵欄，屋前有一片絲絨般光滑的草坪，屋後則生長著一片充滿神秘幽靜的小樹林，那林中的苔蘚，每天早晨都會覆蓋昨日所踏出的小徑。

一些攀緣植物盛開的鮮花，遮住了這座無人居住的房舍臺階，而且一直攀爬到了二樓。

那座小屋我凝望久了，最後竟然確信它是屬於我的，因為它完全體現了我的夢想。我看見瑪格麗特和我在那裡，白天到覆蓋山丘的樹林裡散步，晚上就坐在草坪上。我不免思忖，世上是否有過

③．拉馬丁（一七九〇—一八六九）：法國浪漫主義詩人，代表作《沉思集》中不乏名篇，如〈湖〉、〈孤獨〉、〈秋〉、〈黃昏〉等，情調憂鬱，歌唱人生短暫和逝去的愛。

④．思居多（一八〇六—一八六四）：法國文藝批評家、作曲家。

跟我們一樣幸福的人呢？

「多美麗的房子啊！」瑪格麗特對我說，她跟隨我的目光，也許還跟我有同樣的想法。

「在哪裡呢？」普呂當絲問道。

「在那邊。」瑪格麗特用手指了指那座小屋。

「嘿！好看極了，」普呂當絲說道，「你們喜歡嗎？」

「非常喜歡。」

「那好哇！去對公爵說幫您租下來，我肯定他會同意的。如果您願意，這事情就包在我身上。」

瑪格麗特看了看我，似乎問我覺得這個主意怎麼樣。

我的夢幻隨著普呂當絲剛才所說的話飛走了，一下子跌回到現實之中，摔得我一時頭暈眼花。

「確實，這主意好極了。」我咕噥道，自己卻不知所云。

「好吧，這件事我去安排，」瑪格麗特說著，就緊緊握住我的手，「我們這就去看看，那房子能不能出租。」

那間房子沒人居住，租金要兩千法郎。

「您住在這裡會滿意嗎？」瑪格麗特問我。

「我確定能來這裡嗎？」

「假如不是為了您，我又是為了誰到這裡來隱居呢？」

「那好，瑪格麗特，就讓我把這座房子租下來吧！」

「您瘋啦？這樣做不僅毫無必要，而且還會有危險。您明明知道，我只能接受一個人的饋贈，您就不要管了。大孩子，什麼也不要講了。」

「這樣一來，我若是一連兩天有空，就來這裡跟你們一起度過。」普呂當絲說道。

我們離開那棟房子，又起身返回巴黎，一路上還大聊特聊這個新決定。我緊緊摟著瑪格麗特，等到下車的時候，對於我情婦的這種安排，也不再那麼顧忌了。

第十七章

第二天，瑪格麗特早早就把我打發走，她對我說公爵一大早就可能會來，還答應我等公爵一離開，她就會寫信給我，約定每晚的約會。

白天，我果然收到這封便箋：

我跟公爵一同前往布吉瓦爾；今晚八點，請到普呂當絲家。

在約定的時間，瑪格麗特回來了，她到杜韋爾努瓦太太家來找我。

「好了，全部都安排妥當了。」她進門就說道。

「房子租好啦？」普呂當絲問道。

「對，他當下就同意了。」

我不認識公爵，但是如此欺騙他，我心中實在感到慚愧。

「還有呢！」瑪格麗特又說道。

「還有什麼呀？」

「我還關心阿爾芒的住處。」

「在同一棟房裡？」普呂當絲笑著問道。

「不是，讓他住在黎明旅館。公爵和我在那家旅館吃午飯，在他觀賞風景的時候，我問了阿爾努太太，她是叫阿爾努太太吧！對不對？我問她還有沒有一間合適的房間。正巧還有一間，包括客廳、前廳和臥室。我想，這就應有盡有了。每個月房租六十法郎。房間陳設不錯，就是一個憂鬱症患者住進去，也會感到開心。我訂下了那套客房，我做得好嗎？」

我撲上去，摟住瑪格麗特的脖子。

「這事情一定很美妙，」她接著說道，「您拿一把小側門的鑰匙，我主動提出給公爵一把大門鑰匙，但是他不會要的，反正他來也是白天來。我們私底下講！我這樣心血來潮，離開巴黎一段時間，讓他的家人少說些閒話，我認為他滿高興的。不過，他還是問我，我這麼喜愛巴黎，怎麼會決定到鄉下去隱居呢？我就回答他說，我身體不舒服，要去那裡休養。看樣子他對我的話半信半疑。這位可憐的老人，總是被逼到走投無路。因此，親愛的阿爾芒，我們要多加小心，因為他會派人去那裡監視我。他不僅為我租了那棟房子，還得替我還債，不幸的是我還真的欠了債。您看，這樣安排您滿意嗎？」

「滿意。」我嘴上這樣回答，心裡卻極力壓抑這種生活方式使我產生的顧慮。

「我們仔細看了那幢房子的每個房間，我們住進去一定會很滿意的。公爵每方面都考慮到了。哈！我親愛的，」這個發瘋的女孩一邊擁抱我，一邊又補上一句，「有一位百萬富翁為您鋪床，您的福分不淺呀！」

「你們什麼時候搬過去？」普呂當絲問道。

「越早越好。」

「您的馬匹和車輛都要帶去嗎？」

「我要把整個家全搬過去。我離開巴黎的這段時間，這間房子就由您來看管吧！」

一周之後，瑪格麗特入住鄉下的那幢小房子，而我則被安排住在黎明旅館。

於是，一段難以向您描述的生活開始了。

瑪格麗特剛搬到布吉瓦爾的初期，還不能完全改掉舊習慣。那幢房子總是像過節一樣，所有的女性朋友都來看她，每天她的餐桌上都有十個、八個客人，這種情況持續了一個月。普呂當絲也把她認識的人全帶去，盛情款待，就好像那是她自己的家。

您完全想得到，這一切都是花公爵的錢。不過，普呂當絲也不時會以瑪格麗特的名義，向我要張一千法郎的鈔票。您知道我賭博贏了些錢。因此，每次我都很痛快，將瑪格麗特透過她向我要的錢交給普呂當絲，並且擔心滿足不了瑪格麗特的需要，因此就去巴黎借了一筆錢，相當於我早先借過並按時償還的款項。

這樣，除了生活費，我又有了一萬法郎。

然而，瑪格麗特接待女友的樂趣減退，因為這種聚會開銷太大了，尤其有幾次她不得不向我要錢。公爵租這棟房子，是要讓瑪格麗特休息，他也不再露面了，因為總害怕撞見一大群歡宴的賓客，他不願意去那裡讓她們看到。這也是事出有因：有一天他去布吉瓦爾，打算單獨和瑪格麗特共進晚餐，不料卻掉進一群十五人的宴席中。他們到了他準備用晚餐的時刻，都還沒有結束那頓午宴。他萬萬沒有料到，一打開餐廳的門，迎接他的竟是一陣哄堂大笑，他看到一群女孩在那裡放肆地尋歡作樂，就趕緊落荒而逃。

瑪格麗特離開餐桌，到了隔壁房間找到公爵，百般勸慰，要讓他忘掉這個意外事件。可是公爵傷到了自尊心，怨恨不已，帶著幾分惡狠狠的語氣對這個可憐的女孩說，他已經厭倦了，不想再花錢供一個女孩過荒唐的生活，而這個女人甚至不懂得在自己家中讓人尊重他，說罷他就怒氣沖沖地走了。

從那天起，就再也沒有聽人提起過公爵。瑪格麗特雖然改變生活習慣，不再讓她的賓客登門，卻無濟於事，公爵始終都杳無音信。這樣反倒便宜了我，我的情婦更加完全屬於我，我的夢想終於實現，瑪格麗特再也離不開我了。她也不管會有什麼後果，公開宣示我們之間的關係，我也乾脆住到她那裡不走了。僕人們稱我為先生，正式把我視為他們的主人。

一提起這種新生活，普呂當絲就極力規勸瑪格麗特。可是，瑪格麗特卻回答說她愛我，生活中不能沒有我。不管發生什麼事情，她也不會放棄和我終日廝守的幸福。她還補充說，誰要是看不過去，就那隨他們的便不要來。

這些話，我是在房間門口聽到的。那天，普呂當絲說有很重要的事情要告訴她，就跟瑪格麗特關在房間裡。

過了一段時間，普呂當絲又來了。

她走進庭院時，沒有看見我正在花園裡頭。從瑪格麗特走上前的樣子，我猜想她們又要開始上次我偷聽到的討論，於是我便想聽聽說些什麼。

兩個女人走進小客廳，關起門來，我靠近偷聽。

「怎麼樣？」瑪格麗特問道。

「怎麼樣！我見到公爵了。」

「他對您說了什麼？」

「他說他願意原諒上次那種場面。不過，他聽說您跟阿爾芒．杜瓦爾先生公開同居，這個他不能原諒。他對我說：『只要瑪格麗特和那個青年分手，我就一如既往，供給她一切需求。否則的話，她就休想再向我要任何東西。』」

「您怎麼回答？」

「我說回頭向您轉達他的決定，並向他保證一定讓您明白道理。您想一想吧！我親愛的孩子，您失去的地位，阿爾芒永遠也不可能還給您。他一心一意地愛您，但是他沒有足夠的財產滿足您的全部需求，遲早有一天他將離開您，到那時候就後悔莫及了，公爵絕對不會再為您做些什麼。您願意由我去跟阿爾芒談談嗎？」

瑪格麗特沒有回答，看來正在考慮。等她回答的這段時間，我這顆心劇烈地跳動。

「不，」她回答道，「我絕不離開阿爾芒，我和他同居也不會躲躲藏藏。這樣做或許荒唐，但是我愛他！有什麼辦法呢？再說，現在沒有障礙了，他這樣愛我已經成為習慣。哪怕每天被迫離開我一小時，也會痛苦萬分。況且，我也活不了多久了，何必讓自己那麼辛苦，去順從一個老人的意願，一見他那個樣子我也變老了。他的錢讓他留著吧！我用不到。」

「可是您今後怎麼辦呢？」

「我一點頭緒也沒有。」

普呂當絲無疑要回答什麼話，然而我卻突然闖進去，撲倒在瑪格麗特腳下，得知她如此愛我，我高興到淚流滾滾，濡濕了她的雙手。

「我的生命是屬於妳的，瑪格麗特，妳不再需要那個男人，不是還有我嗎？我怎麼能拋棄妳呢？該怎麼回報妳給予我的幸福呢？再也不受束縛了，我的瑪格麗特，我們相愛！其餘的對我們又算什麼呢？」

「嗯！對，我愛你，我的阿爾芒！」她喃喃說道，兩隻胳臂則摟住我的脖子。「我這麼愛你，連我自己都不敢相信。我們會很幸福，過著平靜的生活，我要永遠告別現在令我羞愧的那種生活，你永遠也不會責怪我的過去，對不對？」

我淚水模糊，一時說不出話來，只能緊緊地把瑪格麗特摟在胸口。

「來吧，」她轉向普呂當絲，聲音激動地說道，「您去把這個場面說給公爵聽，再補上一句，就說我們不需要他的錢。」

從那天起，再也無人提起公爵的事了。瑪格麗特也不再是我從前認識的那個女孩。她避開一切可能令我想起，與她初遇時的生活情景。哪個女人對丈夫，哪個姊妹對兄弟，也絕對沒有她對我這樣的愛、這樣的體貼。她那病弱的體質，使她容易多愁善感，受各種影響。她和那些女友斷絕關係，揮別了她的舊習慣。她改掉原先的談吐，也捨棄從前的揮霍生活。我們走出房舍，坐上我買的那艘漂亮小船在河上遊玩。而她身穿白色衣裙，頭戴一頂大草帽，手臂上披著一件絲綢外衣抵禦清涼的水汽，別人見了絕對想不到，她就是四個月前那個因為奢華、放蕩，惹人議論的瑪格麗特·戈蒂埃。

唉！我們匆忙地及時行樂，就好像已經料到快樂的時間不多了。

一連兩個月，我們甚至還沒有回過巴黎一趟。除了普呂當絲，以及我向您提過的朱麗．杜普拉，就沒有任何人來看我們了。我手上這本感人的記述，就是瑪格麗特後來交給朱麗的。

我終日廝守在情人身邊，我們打開對著花園的窗戶，觀賞夏季在它催開的百花叢中，在樹蔭下愉快地嬉戲；我們依偎在一起，吸納著這種從前瑪格麗特或我，都從未領略過的真正生活。

這個女子見到一點點小東西，就像個孩子那樣驚訝不已。有些日子，她在花園裡追逐蝴蝶或者蜻蜓，就像一個十歲的小女孩。這個風塵女子從前用來買鮮花的費用，足以讓一個大家庭快活度日仍然綽綽有餘。可是現在，她有時會坐在草坪上，花上整整一個小時觀賞與她同名的普通野花①。

也正是在那段時間，她經常閱讀《瑪儂．萊斯科》，有幾次讓我看到她在這本書上作批註。她總是對我說，當一個女子真心愛上一個男人，是不會像瑪儂那樣做的②。

公爵為她寫了兩三封信。她一認出筆跡，看也不看地就把信交給我。

這些信件的措辭，有時也令我熱淚盈眶。

公爵原以為切斷經濟來源，就能讓瑪格麗特回到他的身邊。可是，當他看到這種辦法毫無作用，就再也堅持不下去了。於是寫信來，又再請求像從前那樣，同意他回來，無論什麼條件他都能接受。

我看了這些再三懇求的來信之後，便撕掉了，沒有告訴瑪格麗特信中寫了什麼，也不勸她再去看那位老人。當然，我很同情那名可憐人的痛苦，也想勸勸瑪格麗特。但是又擔心她誤解我的用意，認為我讓她和公爵恢復來往，是為了要讓他重新負擔這座房子的開銷。我尤其怕她誤解，當她對我的愛情產生嚴重後果的時候，我會推卸負擔她生活的責任。

公爵沒有收到答覆，結果就不再寫信來了。瑪格麗特和我仍舊一起生活，不去考慮將來會是如何。

①．瑪格麗特在法文中是「雛菊」的意思。
②．瑪儂為了生活享樂，幾次欺騙、離開愛她的格里厄騎士。

第十八章

要向您詳細描述我們這種新生活，是件困難的事情。這種生活包含了一系列孩子氣的行為，對我們而言十分有趣，可是別人聽了會覺得沒意思。您知道愛一個女人是怎麼回事，您也知道一天天如何匆匆而逝，夜晚則在歡愛中度過，到了第二天還懶洋洋地賴在床上。您也不會不了解，彼此信賴，雙方都沉迷於熾熱的愛情，就會忘掉一切事物。除了心愛的女子以外，在這世上的任何人彷彿都是多餘。後悔之前不該把一些心思花費在別的女人身上，此刻握著心愛女人的手，便難以想像還會去握其他女人的手。您的頭腦既無法思考，也不能回憶，什麼也分散不了對方不斷向它提供的唯一關注。每天都會在情婦身上發現一種新的魅力、一種尚未領略的情欲。

人生無非是一種持續欲望的反覆實現，而靈魂也不過是維持愛情聖火的女灶神貞女[①]。

①・羅馬神話中的女灶神維斯塔（相當於希臘神話的赫斯提亞），在旁邊供奉她的是童貞女。

夜幕降臨，我們常去俯臨我們房舍的小樹林，閒坐著聆聽夜晚歡快的和聲，兩個人都想著即將到來的時刻，又要相互擁抱著直到明天。還有些時候，我們就一整天躺在床上，甚至不讓陽光射進屋裡來。窗簾拉得密不透風，對我們來說，外界暫時停止了。只有納妮娜有權打開我們的房門，但也僅僅是為了幫我們送飯，我們吃飯也不起床吃，而且還邊吃邊嬉鬧，顯得瘋瘋癲癲的。然後，我們會再小睡片刻，只因我們沉浸於愛河之中，猶如兩名執著的潛水夫，浮上水面只是為了換口氣。

不過，瑪格麗特也有憂傷的時候，甚至還流眼淚。我看見了便問她，怎麼突然傷心了起來。她回答道：

「我們的愛情不同尋常，我親愛的阿爾芒。你這樣愛我，就好像我從未屬於過任何人。我不免擔心你愛了之後會後悔，將我的過去看成罪過。又逼我重新投入你曾經把我拉出來的那種生活。想一想吧！現在我嘗到那種新生活的滋味，如果再回到過去那種生活，我將會死去。告訴我，你永遠不離開我！」

「我向妳發誓！」

她聽了這句話，便凝望著我，彷彿要從我的眼裡看出，我的誓言是否真誠。隨後，她就撲進我的懷裡，把頭埋在我的胸口，對我說道：

「我讓你發誓，是因為你不知道我有多麼愛你！」

有一天晚上，我們在窗外陽臺憑靠著欄杆，眺望似乎難以衝出雲層的月亮，聆聽吹動樹木嘩嘩作響的風聲。我們手拉著手，默默無語長達一刻鐘，瑪格麗特忽然對我說道：

「冬天來了，我們離開這裡好嗎？」

「去什麼地方？」

「去義大利。」

「妳在這裡住膩了嗎？」

「我害怕冬天，我尤其害怕回到巴黎。」

「為什麼？」

「原因很多。」

她沒有對我說出她害怕的原因，卻突然又說道：

「你願意走嗎？我所有東西都變賣了，我們去哪裡生活吧！我的過去什麼也不會留下來，沒有人會知道我是誰。你願意嗎？」

「只要妳喜歡，我們就走吧！瑪格麗特，讓我們去旅行，」我對她說道，「但是，何必要變賣物品呢，妳回來重睹舊物不是會很愉快嗎？當然，我沒有足夠的財產，可以接受妳這樣的犧牲。但是我的錢還是足夠我們遠行五、六個月，只要妳多少能感到開心。」

「還是算了，」她接著說道，同時離開窗口，走去坐到光線幽暗處的長沙發上，「何必去那裡浪費錢呢？在這裡我讓你花的錢已經夠多了。」

「妳這是在責備我，瑪格麗特，這樣可不夠寬宏大量。」

「對不起，朋友，」她把手伸給我，說道，「這種雷雨天氣，害得我心情煩躁，話也隨便亂說。」

她擁抱並親吻了我之後，又陷入長時間的沉思。

類似的場景出現過好幾次，我雖然不了解起因，但還是發現瑪格麗特流露出對於未來的不安情緒。她不可能懷疑我的愛情，因為它與日俱增。然而，我時常看見她滿面愁容，但她又不向我解釋原因，只推說是身體不舒服。

我擔心生活過得太單調，令她感到厭煩了。於是提議回巴黎去，可是她每次都拒絕，而且明確對我說，她到任何地方，都不可能像待在鄉下這樣幸福。

普呂當絲很少來了，不過，她倒是寫了好幾封信，儘管瑪格麗特每次收到信都心事重重，我卻從未要求過目。我要猜想也茫無頭緒。

有一天，瑪格麗特待在自己房間裡。我走進去，看見她正在寫信。

「妳寫信給誰呢？」我問她。

「寫給普呂當絲，要我念給你聽寫了什麼嗎？」

我十分憎惡一切可能顯出懷疑的言行，於是回答瑪格麗特，我沒有必要了解她寫了什麼。然而我可以肯定，這封信必定會告訴我她憂傷的真正原因。

次日天氣晴朗，瑪格麗特向我提議乘船到克羅瓦西島遊玩。看樣子她玩得十分開心，直到傍晚五點我們才回來。

「杜韋爾努瓦太太來過。」納妮娜見我們進門，便說道。

「她走了嗎？」瑪格麗特問道。

「走了，乘坐夫人的馬車走的，她說這是講好的。」

「很好，」瑪格麗特急忙說道，「吩咐吃飯吧！」

過了兩天，普呂當絲寄來了一封信。隨後半個月，瑪格麗特似乎一掃她那神秘的憂鬱。愁雲掃盡之後，她還一再請求我的原諒。

然而，馬車卻沒有開回來。

「怎麼回事，普呂當絲沒有把妳的馬車送回來？」有一天我問她。

「那兩匹馬有一匹生病了，馬車也需要修理。趁我們住在這裡用不到馬車的時候，最好把這一切都處理好，不用等我們回巴黎再說。」

又過了幾天，普呂當絲來探望我們，她證實了瑪格麗特對我講過的話。

這兩個女人單獨在花園裡散步，她們一見到我去找她們，立刻就改變了話題。

傍晚普呂當絲要走時，抱怨天氣太涼，求瑪格麗特借給她一條喀什米爾披肩。

一個月又這樣過去了，瑪格麗特在這段期間，比任何時候都格外愉快、格外多情。

然而，馬車沒有駛回來，喀什米爾披肩也沒有送回來，這些情況不由得令我心生疑慮。我知道瑪格麗特把普呂當絲的信放在哪個抽屜裡，就趁她去花園的時候，跑去看那個抽屜，想打開卻無法打開，想必鑰匙擰了兩圈鎖住了。

於是，我又察看平時放鑽石首飾的抽屜。這些抽屜一拉就開了，但是裡面的首飾盒不翼而飛，當然也帶走了盒子裡的寶物。

一陣恐懼襲上我的心頭。

我想讓瑪格麗特坦白這些物品消失的真相，但是她肯定不會向我承認的。

「我的好瑪格麗特，」於是我對她說道，「我請求您允許我去一趟巴黎。家裡的人不知我在哪裡，我的父親也肯定來信了。他一定在掛念我，我必須回信給他。」

「去吧，我的朋友，」她對我說，「不過要早點兒回來。」

我動身了。

我立刻趕到普呂當絲家。

「喂，」我開門見山問她，「老老實實地回答我，瑪格麗特的馬匹到哪裡去了？」

「賣掉了。」

「那條喀什米爾披肩呢？」

「賣掉了。」

「鑽石首飾呢？」

「當掉了。」

「是誰賣的、誰當的？」

「是我。」

「事先您為什麼不告訴我？」

「因為瑪格麗特不准我告訴您。」

「您為什麼不向我要錢呢？」

「因為她不願意。」

「這錢用到什麼地方去了？」

「拿去還賬了。」

「她欠很多錢嗎？」

「大約還欠三萬法郎。哎！我親愛的，我不是早跟您說過了嗎？您就是不肯相信我的話。怎麼樣，現在，您應該口服心服了吧！地毯商那裡，當初是公爵作擔保的，他登門去找公爵的時候，被人趕了出來。次日公爵寫信給他說，再也不管戈蒂埃小姐的事了。那人來要賬，我們就分期付款，總共幾千法郎，也正是我向您要的那些錢。後來，一些好心人告訴地毯商，說他的債務人被公爵拋棄了，她還和一個沒有財產的年輕人一起生活。其他的債主也獲悉了這樣的情況，全都跑來討債，並且查封了她的財產。瑪格麗特想全部賣掉，可是已經來不及了，況且我也反對。欠的債必須支付，為了不向您要錢，她就賣掉了馬匹、喀什米爾披肩，當掉了首飾。買主有給收據，當鋪有開當票，您要看看嗎？」

普呂當絲說著，就拉開一個抽屜，指給我看那些票據。

「哼！您以為呢，」她繼續說道，那種女人固執的模樣，表明她有權說：我就是有理！「哼！您以為兩個人相愛，到鄉下過起了虛無縹緲的田園生活，就夠了嗎？不行，我的朋友，不行！除了理想的生活，還有物質生活呢！最聖潔的決定，也都被極細的線拴在大地上，而且那是鐵絲，不容易掙斷。如果說瑪格麗特沒有欺騙您，那也是因為她的性情極為特殊。我規勸她也沒錯，要知道，眼看著可憐女孩的所有一切都被剝奪走了，我心裡實在難過。可是她聽不進去！她回答我說她愛您，決不能欺騙您。這種表現，當然很漂亮、很有詩意了，但是這無法當作鈔票付給債主。現在她就再也無法應付了，我再向您說一遍，必須籌措三萬法郎。」

「好吧！這筆錢，我給。」

「您要去借錢？」

「哦，當然了。」

「那您可就做一件漂亮事了：您會跟您的父親鬧翻，他會斷絕您的經濟來源。那可是三萬法郎啊，不是說弄就能弄到的。請相信我，我親愛的阿爾芒，我比您更了解女人。千萬別做這種傻事，總有一天您會後悔的。您要更理智一點。我並不是勸您離開瑪格麗特，而是要您像夏天開始那樣跟她一起生活。讓她想辦法擺脫這種困境，公爵慢慢地會來找她。還有德．N伯爵，如果瑪格麗特願意接受他，他昨天還對我說過，願意替她償還所有的債務，還每月供給她四、五千法郎。他一年有二十萬利弗爾的年金。這對瑪格麗特來說，也是一種地位。而您呢，您終究是要離開她的，不要等您破了產啊！況且，那個德．N伯爵是個傻瓜，沒有什麼會妨礙您繼續做瑪格麗特的情人，剛開始，她會掉幾滴眼淚，但是早晚總會習慣的，有朝一日她還會感激您這樣的安排。您就當瑪格麗特結了婚，欺騙了她的丈夫，就是這麼回事。

「這些話，我已經對您說過一次了。不過那時只是一種勸告，事到如今，幾乎是勢在必行了。」

普呂當絲無情地剖析，講得十分有理。

「就是這麼一回事，」她把剛剛給我看票據的抽屜關上，繼續說道，「那些受人供養的女子，總是能預見別人愛她們，從來料想不到她們會去愛別人。否則的話，她們就會把錢存起來，到了三十歲的時候，就可以不計較金錢，放心地找一個情人了。現在我明白了，如果能早點知道該有多好！總之，您什麼也不要告訴瑪格麗特，把她帶回巴黎來。您已經跟她單獨生活了四、五個月，這也是合情合理的事。閉起您的眼睛，您要做的只是這一點。半個月之後，她就會接待德．N伯爵，今年冬天她賺一些錢，明年夏天，你們就能重新過這種生活。應該要這樣做，我親愛的！」

普呂當絲提出這樣的忠告，顯得很得意，而我卻氣憤地拒絕了。

不僅我的愛情、我的尊嚴不允許我這樣做，而且我也確信，瑪格麗特走到了這一步，寧死也不會接受這種雙重生活。

「玩笑開夠了，」我對普呂當絲說道，「瑪格麗特到底需要多少錢？」

「我對您說過了，大約三萬法郎。」

「這筆錢什麼時候需要？」

「兩個月之內。」

「她會有的。」

普呂當絲聳聳肩膀。

「這筆錢到時候我交給您，」我接著說道，「但是您要向我發誓，不要告訴瑪格麗特是我交給您的。」

「您就放心吧！」

「她再麻煩您出賣或者典當任何東西，您就馬上告訴我。」

「不必擔心，她什麼也沒有了。」

我先回家裡看看，有沒有父親的來信。

寄來了四封信。

第十九章

在先來的三封信中，父親因為沒有收到我的回信，心中十分掛念，問我是什麼緣故。在最後一封信裡，他向我透露已經有人告訴他有關我的生活變化，並且通知我不久他就要到巴黎來。

我一向十分敬重，也由衷地愛戴我的父親。我回信說明，先前之所以沒有回信，是因為我去了一趟短途旅行，並請他告訴我到達的日期，我好去接他。

我把鄉下的地址給了我的僕人，吩咐他一接到蓋有C城郵戳的信件時，就幫我送去。然後，我立即趕回布吉瓦爾。

瑪格麗特正在花園門口等我。

她的目光流露出不安的神色。她撲上來摟住我的脖子，忍不住問我：

「你見到普呂當絲啦？」

「沒有。」

「你去巴黎好長一段時間。」

「我接到了父親的幾封來信，必須答覆。」

過了一會，納妮娜氣喘吁吁地進門。瑪格麗特站起身，走過去跟她低聲說話。

等納妮娜出去之後，瑪格麗特又坐回到我的身邊，拉起我的手：

「你為什麼騙我？你去了普呂當絲家吧？」

「誰告訴你的？」

「納妮娜。」

「她是怎麼知道的？」

「她跟蹤你了。」

「什麼，妳讓她跟蹤我？」

「對。你四個月沒有離開過我，這次要去巴黎，我想一定有什麼重大的原因。我怕你遭遇了什麼不幸，或者，你也許去看另一名女人。」

「真是個孩子！」

「現在我放心了，我知道你做了什麼，但是還不知道別人對你說了什麼。」

我給瑪格麗特看我父親寄來的信。

「我不是問你這個，而是想知道，你為什麼去普呂當絲家。」

「去看看她。」

「你說謊，我的朋友。」

「好吧，我去問她那匹馬的病情好點了沒有，她是不是不再需要妳的喀什米爾披肩，也不需要妳的首飾了。」

瑪格麗特臉紅了，但是她沒有回答。

「結果，」我接著說道，「我知道妳的馬匹、喀什米爾披肩和鑽石首飾都派上什麼用場了。」

「你怪我嗎？」

「怪妳需要東西的時候，沒有想到向我要。」

「處於我們這樣的關係，如果女人還有一點點尊嚴，她就應當做出各種可能的犧牲，而不是向情人要錢，讓自己的愛情染上圖利的色彩。你愛我，這我深信不疑，但是你並不知道，別人對我這種女孩的愛情，在心中是由多麼纖細的線維繫著。誰知道呢？難說不會有那麼一天，你手頭拮据或者感到厭煩，可能會想像自己落入了我們精心設計的圈套！普呂當絲是個長舌婦。難道我還用得著那些馬嗎？把馬賣掉，還省下了我的錢。沒有馬我們照樣生活得很好，也不必再為馬匹開銷了。我唯一的要求，就是你愛我，而且沒有馬匹、沒有喀什米爾披肩、沒有鑽石首飾，你也同樣愛我。」

她講這些話的時候，口氣十分自然，我聽著聽著，不由得熱淚盈眶。

「可是，我的好瑪格麗特，」我深情地緊握住我情人的手，「妳明明知道，總有一天我得知妳做出了這種犧牲，等到知情的那天，我就真的受不了了！」

「為什麼受不了呢？」

「因為，我親愛的孩子，哪怕只是一件首飾，我也不願意妳因為愛我而捨棄。我不願意妳一旦陷入困境，或者感到厭煩的時候去想，如果妳是和另一個男人一起生活，就不會碰到這種情況了。也不願意妳後悔不該和我一起生活，哪怕只後悔一分鐘。再幾天之後，妳的馬匹、披肩和鑽石首飾，全部會歸還給妳。這些妳不可或缺，就像生命缺少不了空氣一樣。這樣說來也許滿可笑的，不過我喜歡妳樸素，卻更愛看妳奢華。」

「這麼說，你不愛我啦！」

「胡說！」

「你如果愛我，就讓我以自己的方式愛你。相反地，你卻繼續把我看成一個離不開奢侈生活的女孩，總認為自己非得付錢不可，接受我對你愛情的證明就感到羞愧。你總是不由自主想到總有一天要離開我，因此你才心存顧忌，力圖避免引起任何懷疑。你這樣做是對的，我的朋友，只是，我原先希望的不只如此。」

瑪格麗特說罷，想要站起身來。我卻一把拉住她，對她說道：

「我的願望是讓妳幸福，不讓妳有任何事情可以指責我，不過如此而已。」

「接著我們就要分開！」

「為什麼呢，瑪格麗特？誰能把我們拆開？」我高聲說道。

「你呀，你不願意讓我了解你的處境，你維持我的虛榮心，只為了滿足你的虛榮心。你讓我維持從前所過的奢華生活，就是要保持將我們隔開的那種精神距離。總之，你還不夠相信我的愛情是無私的，光靠你現有的財產，我們就能過著幸福的日子。你寧願把自己搞得傾家蕩產，甘心做那種可笑偏見的奴隸。難道你以為，我能拿一輛馬車和首飾，與你的愛情相比嗎？難道你以為，我的幸福就是追求虛榮嗎？殊不知，當人毫無愛情的時候，就滿足於虛榮。一旦有了愛之後，虛榮就會變得一文不值。你要替我償還債務，預先動用到你的財產，總之你要供養我！這一切，能夠持續多久呢？兩、三個月吧！到了那時，我再向你提議過那種生活可就太遲了，因為到了那個時候，你就得接受我的一切，這是一個堂堂男子漢所不能接受的。現在你每年有八千至一萬法郎的收入，這已足夠我們生活的了。我賣掉我多餘的東西，僅靠這變賣所得，我就可以換取到兩千利弗爾的年金。我們可以租一間漂亮的小房屋，兩個人住進去。每年夏天，我們到鄉下來玩，不是住在這樣的小房子，而是租一座只夠兩人住的小屋就行了。你能獨立自主，我也自由自在，我們又都還年輕。看在上天的份上，阿爾芒，不要再讓我回到從前那種迫不得已的生活之中啊！」

我無言以對，感激和愛情的淚水盈眶，撲進瑪格麗特的懷中。

「我本來想一句也不對你講，」她又說道，「暗中把一切都安排好，債務全部還清，新居也讓人收拾妥當。到了十月份，我們就搬回巴黎去，到那時一切已大功告成。可是，既然普呂當絲全都對你說了，那你就得事先贊成，而不是事後同意了。你這麼愛我，接受我這樣的安排嗎？」

無法抗拒這樣忠貞的情感，我激動地親吻瑪格麗特的手，對她說道：

「我完全照妳的意思辦。」

她先前決定的事情，就這樣說定了。

於是，她簡直欣喜若狂，又是跳舞，又是唱歌，慶祝那新居的簡樸。新居位在哪個街區，要如何佈置，她都跟我商量好了。

我見她又喜悅，又得意，似乎這個決定最終能拉近我們兩人的距離。

因此，我也不願意欠她的情。

轉瞬之間，我就決定了我的生活。我權衡了一下我的財產狀況，打算把母親留給我的年金贈予瑪格麗特，但我覺得這樣仍然遠遠不夠回報她為我所做出的犧牲。

我留下父親給我的五千法郎年金，無論出現什麼情況，靠這筆年金總能維持生計。

我沒有告訴瑪格麗特我的決定，心想事先一講，她必定會謝絕這筆饋贈。

這筆年金是從一筆六萬法郎的房產抵押款而來，而那幢房子我連見都沒見過。我只知道我們家的老朋友，我父親的公證人，每個季度交給我七百五十法郎，並向要我一張簡單的收據。

瑪格麗特和我回巴黎找房子的那天，我去拜訪了那位公證人，問他要採用什麼方式，才能把這筆年金轉到另一個人的名下。

這位好心人以為我破產了，問我做出這種決定的緣由。我考慮遲早都要告訴他受益人是誰，就乾脆當下向他和盤托出。

他沒有向我提出任何異議，作為公證人和朋友，他有權指出不妥之處，但他沒有提出任何異議，而是向我保證他會把一切安排得盡善盡美。

我自然有叮囑他對我父親嚴守秘密。然後，我到朱麗・杜普拉家去找瑪格麗特，她不願意聽普呂當絲說教，寧可到朱麗・杜普拉家等我。

我們開始找房子，凡是看過的，瑪格麗特都認為房租太貴，而我覺得都太簡陋了。不過，最終我們還是達成一致意見，在巴黎最安靜的一個街區，看中與主宅分離的一座小房子。

後面有一座賞心悅目的花園，也是附屬於小房屋。圍牆相當高，既能把我們跟鄰居隔開，又不會遮住視線。

這比我們希望的還要好。

我回到自己的住處退掉房子，瑪格麗特則去見一位商人。據她說，那人曾為她一個女友辦過她想委託辦理的事情。

瑪格麗特滿心歡喜，又回到普羅旺斯街來找我。那人向她承諾還清她的全部債務，給了她收據，還付給她兩萬法郎，作為她出讓所有傢俱的報酬。

您從賣出的高價可以看到，那位正派人士從他的女顧客身上賺了三萬多法郎。

我們興高采烈地返回布吉瓦爾，而且還繼續交換意見，為未來作打算。我們無憂無慮，尤其是我們彼此相愛，所以未來一片光輝燦爛。

一周之後，我們正在用午飯，納妮娜進來稟報，說我的僕人要見我。

我讓他進來。

「先生，」他對我說道，「令尊到了巴黎，正在您的住宅等您，他要求您立刻回去。」

這個消息再普通不過了。然而，瑪格麗特和我一聽到，便面面相覷。

我們從這件事中預感到不幸。

瑪格麗特雖然沒有對我說她的感覺，但是和我有相同的反應。因此，我還是伸出手給她，回答她的這種擔心：

「什麼也不用怕。」

「儘量早點回來，」瑪格麗特擁抱我，低聲說道，「我在窗口等著你。」

我派約瑟夫去對我的父親說，我馬上就到。

果然兩小時之後，我趕到了普羅旺斯街。

第二十章

我父親身穿便袍，坐在我的客廳裡，正在寫些什麼。

我一進屋，從他抬起眼睛看著我的神情，就立刻明白事情很嚴重。

然而，我還是走上前，擁抱我的父親，就好像我從他臉上什麼也沒有看出來。

「父親，您是什麼時候到的？」

「昨天晚上。」

「您還是像往常那樣，一下車就到我這裡來嗎？」

「對。」

「我很抱歉沒有在家迎候您。」

我料想父親一聽這話，一定會向我拋來冷冰冰的面孔以示訓誡；然而他卻一言不發，繼續做他的事情，封上剛寫完的信，交給約瑟夫投寄。

等到只剩下我們二個人時，父親站起身，背靠著壁爐，對我說道：

「我親愛的阿爾芒，有些嚴肅的事，我們要談一談。」

「我洗耳恭聽，父親。」

「你保證會對我講實話嗎？」

「這是我的習慣。」

「你跟一個叫瑪格麗特．戈蒂埃的女人同居，這是真的嗎？」

「是真的。」

「你知道她原先是什麼人嗎？」

「一個風塵女子。」

「你就是為了她，今年都忘了回家看我們，探望你妹妹和我嗎？」

「對，父親，我承認。」

「這麼說，你很愛那個女人啦？」

「您看得一清二楚，父親，既然她使我疏忽了一項神聖的義務。所以我今天懇請您寬恕。」

我父親無疑沒有料到我會回答得這樣乾脆，因為他似乎思考了片刻，然後對我說道：

「你顯然已經明白，你不可能一直這樣生活下去。」

「我是擔心過，父親，但是我並不明白。」

「可是你應該明白，」我父親繼續說道，語氣也轉而冷淡一些，「我不能容忍這種事。」

「我也認為，只要我不做出有辱我們姓氏，有損家族長久名聲的事情，我就可以這樣生活下去，於是我感覺安心了一點。」

熾熱的愛情給予人勇氣對抗親情。為了保住瑪格麗特，我準備進行一切抗爭，甚至抗拒我的父親。

「看來，換另一種生活方式的時候到了。」

「因為你以為看重家庭的名聲，現在做的事情卻有辱門風。」

「哦！為什麼呢，父親？」

「這句話的意思我不理解。」

「我來向你解釋。你有一個情婦，這很好。你像一個風流體面的男子，照規矩付錢給一個親密的風塵女子，這也再好不過。然而，你如果因為她，將最神聖的事物拋諸腦後，讓你生活的醜聞一直傳到家鄉，把我賦予你的清白姓氏蒙上陰影，這樣子現在不行，將來也不行。」

「請允許我對您說，父親，向您提供這種情況的人，所掌握的情況不正確。我是戈蒂埃小姐的情人，和她一起生活，這是再普通不過的事情。我並沒有把承襲您的姓氏給予戈蒂埃小姐，我為她所花的費用，也在我經濟來源的限度之內，沒有欠過一點債。總而言之，這些情況，任何一種都沒有在我身上發生，而只有這些情況，才值得父親對兒子講您剛才對我說過的話。」

「父親看見兒子誤入歧途，任何時候都有責任將他拉出來。你還沒有做什麼壞事，但是將來一定會做的。」

「父親！」

「先生，我比你更了解人生。只有完全貞潔的女人，才有完全純潔的感情。任何一個像瑪儂那樣的女人，都能創造出一個德．格里厄。然而時代和習俗都不同了，如果這個人世沒有改進自己的過錯，那麼就枉然增長了歲月。你必須離開你的情婦。」

「很遺憾我不能服從您，父親，那是不可能的。」

「我要強迫你服從。」

「可惜的是，如今已經沒有流放妓女的聖瑪格麗特群島了。即使還有，而您又設法讓人將戈蒂埃小姐放逐到那裡，我也會追隨她去。有什麼辦法呢？也許我錯了，但是，只有繼續做這個女人的情人，我才會幸福。」

「好了，阿爾芒，睜開你的雙眼。看清楚在你面前的，是你的父親，始終愛你、只希望你幸福的父親。和一個人盡可夫的女人同居，這對你而言，難道體面嗎？」

「這有什麼關係？如果再也不會有人占有她！如果這個女孩愛我，藉由我們之間的愛情重獲新生！總之，如果她已經改過自新，這又有什麼關係呢？」

「哼！先生，難道你以為，一位體面男人的使命，就是讓妓女轉化嗎？難道你以為，上帝只賦予人生這個荒唐可笑的目的，人心就不該擁有別種令人振奮的事情嗎？這種神奇的轉化究竟會有什麼結果？而你到了四十歲的時候，又該如何看待你今天所說的話呢？到了那時候，假如你的愛情沒有在你走過的路留下太深的痕跡，如果那時你還笑得出來，你就會嘲笑你的這種愛情。你的父親，如果早年也有你的這種念頭，憑著愛情的各種衝動去生活，而不求安身立命、牢牢把握榮譽和忠於職責的信念。那麼今天，你會處於什麼樣的情況呢？考慮考慮吧！阿爾芒，不要再講這種傻話了。好吧，你就離開那個女人吧！算是父親懇求你了。」

我不應聲。

「阿爾芒，」我父親接著說道，「看在你母親在天之靈的份上，相信我的話，放棄這種生活吧！要知道，這種生活理論是行不通的，你想得太好，但其實你很快就會忘掉。你不可能永遠愛這個女人，她也不會永遠愛你，你們雙方都誇大了你們之間的愛情。你在斷送自己的前程。再往前跨一步，就再也無法離開你現在所走的這條路，你將會終生悔恨自己的青春。走吧！回到你妹妹的身邊待一、兩個月。你獲得休息，又有了骨肉親情，很快就能治癒這種狂熱。因為，這不過是一種狂熱罷了！

「在你離開的這段時間，你的情婦會有自我安慰的辦法，她會另外找一個情人。於是你將會看到究竟為了什麼人，差一點跟自己的父親反目並失去父愛。你也會對我說，我來找你真是做對了，會因此而感激我。

「好了，你會離開的，對不對，阿爾芒？」

我感到父親講的話，適用於所有女人。但是我又確信，他那麼說瑪格麗特卻沒有道理。不過，他最後幾句話的語氣特別和藹、特別懇切，我實在不敢回嘴。

「怎麼樣？」他聲音激動地問道。

「是這樣的，父親，我還不能答應您什麼，」我終於說道，「您向我提出的要求，已經超出了我的能力。請相信我，」我見他做出不耐煩的動作，便繼續說道，「您把這種關係的後果看得太嚴重了。瑪格麗特不是您所想的那種女孩。這種愛情，非但不能把我引上歧途，反而會激發我身上的高尚情感。真正的愛情總能讓人變得更美好，不管這種愛是什麼女人引發的。假如您認識瑪格麗特，您就會明白我沒有冒任何風險。她就像最莊重的女子一樣體面。她的慷慨無私，正好跟其他女人的貪心形成對比。」

「但是，這並不妨礙她接受你的全部財產。你母親留給你的六萬法郎，你要送給她。要記住我對你說的話，那可是你的唯一財產。」

我父親把這種語帶威脅的話留到最後，大概是要給我最後一擊。

我面對他的威脅，要比面對他的懇求更加堅定。

「誰告訴您我要把這筆錢贈予她的？」我又問道。

「我的公證人。一個正派人士，能不通知我就辦理這種事嗎？好吧，我趕到巴黎來，就是要阻止你為了討好一名妓女而落到一貧如洗的下場。你母親臨終時為你留下這筆錢，是讓你過著體面的日子，而不是讓你到情婦面前裝大方。」

「我向您發誓，父親，瑪格麗特並不知道這筆饋贈。」

「那麼你為什麼要贈送呢？」

「就因為瑪格麗特，這個被你誣衊、還希望我拋棄的女人，為了跟我一起生活，犧牲掉了她擁有的一切。」

「而你接受了這種犧牲？你究竟是什麼人啊？先生，居然容許瑪格麗特這樣的一位小姐為你做出犧牲？好了，夠了，你一定得離開這個女人。剛才我是懇求你，現在我是命令你，我的家庭容不得這樣骯髒的事情。你收拾行李，準備跟我走吧！」

「請原諒我，父親，」我於是答道，「我不走。」

「為什麼？」

「因為我已經長大成人，不再唯命是從了。」

聽了這句回答，我父親的臉刷地白了。

「很好，先生，」他接著說道，「我知道該怎麼治你。」

他搖了搖鈴。

約瑟夫進來了。

「讓人把我的行李搬到巴黎旅館。」他對我的僕人說道。與此同時，他走進自己的臥室，換好衣裳。

等他出來的時候，我迎上前去。

「您能答應我嗎？父親，」我對他說道，「絕對不做讓瑪格麗特難過的事！」

我父親停下腳步，鄙夷地看了看我，只回答我一句：「我想你是瘋了。」

說罷，他便出去，把身後的門使勁地關上。

我也跟著下了樓，叫了一輛馬車，動身返回布吉瓦爾。

瑪格麗特在窗口等著我。

第二十一章

「終於回來了！」她高聲說道，同時撲上來摟住我的脖子。「你回來了！你的臉好蒼白啊！」

於是，我就向她敘述了我和父親的爭執。

「噢！我的上帝！我早就料到了，」她說道，「約瑟夫一來就向我們通報你父親到了，我渾身發抖，就好像聽到不幸的消息一樣。可憐的朋友！你這麼憂傷，都是我引起的。也許你最好離開我，免得和你的父親鬧翻。不過，我沒有做任何損害他的事。我們老老實實地過日子，以後還會更加安安穩穩地生活。他明明知道，你應該要有一個情婦。而這個人是我，他應該高興才對，因為我愛你，也不奢求你承受不了的享樂。你有對他說，我們是如何安排今後生活的嗎？」

「講了，這正是最令他生氣的，因為他看出，這種決定證明了我們相愛。」

「那怎麼辦呢？」

「留在一起，我的好瑪格麗特，等著這場風暴過去。」

「風暴會過去嗎？」

「肯定會過去的。」

「可是，你父親不會就那麼罷手吧？」

「他還能怎麼樣呢？」

「我怎麼知道呢？一位父親，總是千方百計要讓他的兒子聽話。他會提醒你注意我的經歷，也許還會特意為我編造新的緋聞，好讓你拋棄我。」

「妳很清楚我愛妳。」

「對，可是我也知道，早晚也得服從你父親的想法，或許最終你會被說服。」

「不會，瑪格麗特，最後我會說服他的。他發那麼大火，是他一些朋友說三道四所引起的。其實他心地善良，為人也公正，他會改變先入為主的印象的。再說，我根本就不在乎！」

「不要這麼說，阿爾芒！無論如何，我都不願意讓人以為，是我唆使你跟家庭鬧翻的。就讓這一天過去吧！明天你回到巴黎，你們父子兩人也都各自再三考慮，也許你們就能更加理解彼此。不要觸犯他的原則，表現出你對他的意願有所讓步，不要顯得太依戀我。要抱持著希望，我的朋友。要確信一件事，那就是無論發生什麼情況，你的瑪格麗特始終都是你的。」

「妳這是在對我發誓嗎？」

「還用得著我對你發誓嗎？」

被心愛之人的聲音說服，是多麼地甜美啊！瑪格麗特和我一整天都在重複討論我們的計畫，就好像我們明白時間不多了，必須盡快實現才行。我們時時刻刻都在準備什麼事情發生，所幸一天平安過去了，沒有出現任何新的情況。

第二天，我十點鐘動身，將近中午抵達旅館。

我父親已經出門了。

我又到自己的住宅，希望他有可能去了那裡。可是並沒有人來過。我再去找我的公證人，他那裡也沒有人。

我回到旅館，一直等到晚上六點，也不見杜瓦爾先生回來。

於是，我又返回布吉瓦爾。

我發現瑪格麗特不像昨天那樣等待我，而是坐在已到季節生起的爐火前。

她坐在那裡陷入沉思，就連我走近她的座椅時，她也沒有聽見轉過身來。直到我的嘴唇貼上她的額頭，她才顫慄了一下，彷彿被這一吻驚醒。

「你嚇著我了，」她對我說道，「你父親呢？」

「我沒有見到。也不知道是怎麼回事，無論到他下榻的旅館，還是他可能去的地方，哪裡我都沒有找到他。」

「那就算了，明天你再去找他。」

「我還是想等他派人來找我。我想應該做的我全都做了。」

「不對，我的朋友，根本還不夠，你還必須回到你父親那裡，尤其是明天。」

「為什麼是明天，而不是別的日子？」

「因為，」瑪格麗特答道，她聽到我這樣發問，臉色好像微微發紅，「因為你求見越顯得迫切，我們就能越快得到寬恕。」

這一天剩下的時間，瑪格麗特總是顯得心事重重，魂不守舍，一副愁苦的模樣。我對她說什麼話，往往要重複一遍，才能得到她的回答。她說因為這兩天的突發事件，引起了她對前途的憂慮。

我一整夜都在勸她放心，而次日她催促我動身時，那種惴惴不安的神情叫我無法解釋。

與昨天一樣，我的父親又不在，但是他出門時，為我留下這樣的一封信：

如果今天你再來看我，就等我到下午四點。假如到了四點我還沒回來，那就明天再來跟我共進晚餐，我必須和你談談。

我一直等到約定的時間，不見父親回來，我就走了。

我發現前一天瑪格麗特滿面愁容，今天則顯得焦慮不安、情緒激動。她一見我進門，就緊緊摟住我的脖子，而且還在我的懷抱裡哭了好長一段時間。

她的悲傷突如其來，情緒也越來越糟，令我不免驚慌起來，問她這是什麼緣故。她沒有告訴我任何確切的原因，只講了一些女人不願講真話時所用的那套話。

等她的情緒稍微平靜一點，我就向她講述了這趟巴黎之行的結果，還拿出父親的信給她看，讓她注意我們能從信中看出好徵兆。

她一見到這封信，又聽見我的想法，就哭得更厲害了。我趕緊叫來納妮娜，我們擔心她的精神受了刺激，就安置可憐的女孩躺下。她淚流不止，一句話也講不出來，只是緊拉著我的雙手不放，不斷地親吻。

於是我問納妮娜，在我出門的時候，女主人是不是收到什麼信，或者有人來訪，才會引起情緒這麼大的波動。可是，納妮娜卻回答說，既無人來訪，也無人送來任何東西。

然而，從昨天起，肯定發生了什麼事情。瑪格麗特越是隱瞞，就越令我不安。

到了晚上，她的情緒稍微顯得平靜一些。她讓我坐到她的床腳，長時間地再次向我表白她的愛有多麼堅貞。隨後，她又對著我微笑，但是笑得十分勉強，淚水不由自主地模糊了她的眼睛。

我用盡千方百計，要她向我坦白這般傷心的真正原因，可是她總說一些我已經告訴過您的那種空泛理由。

她終於在我的懷裡睡著了，但這樣的睡眠只讓她更加疲憊、無法獲得休息。她不時會尖叫一聲，隨即驚醒，看到我在身邊才放下心來，又讓我向她發誓會永遠愛她。

這種間歇性的痛苦一直延續到早上，我根本不明白是何緣故。到了早晨，才昏昏沉沉睡著了。她已經有兩個晚上沒有睡覺了。

這一次也沒有睡多久。

將近十一點，瑪格麗特醒來，她看見我已經起床，便環視周圍，高聲說道：

「你準備走了嗎？」

「不是，」我抓住她的雙手，說道，「我是想讓妳多睡一會兒，時間還很早。」

「你幾點鐘去巴黎？」

「四點鐘。」

「那麼早？在你走之前，會一直陪著我，對不對？」

「當然了，這不是我的習慣嗎？」

「多麼幸福！」

「我們吃午飯嗎？」她心不在焉地接著問道。

「如果妳願意的話。」

「還有，一直到走的時候，你都會摟著我吧？」

「對，而且，我也會儘早趕回來。」

「你還會回來？」她眼睛怔忡地看著我，說道。

「當然會回來。」

「對啊，今天晚上你還會回來。而我呢，會像往常那樣等著你。你依然愛我，我們還會像相識以來那樣幸福。」

這幾句話的語調斷斷續續，似乎掩藏著一種執著的痛苦念頭，因而我十分擔心，瑪格麗特隨時都可能神志不清了。

「妳聽著，」我對她說道，「妳病了，我不能把妳就這樣丟下不管。我這就寫信給我父親，要他不要等我了。」

「不！不！」她突然高聲說道，「不要這樣。否則你的父親又會責怪我說，他想要見你時，我總是阻攔您去。不行，不行，你一定得去，一定得去！而且，我也沒有生病，我的身體好極了。我會這樣子，是因為做了個噩夢，還沒有完全醒來。」

從這一刻起，瑪格麗特儘量顯得愉快一些，她也不再流淚了。

到了我該動身的時候，我擁抱並親吻她，問她是否願意把我一直送到火車站。其實我是希望她出來走走散散心，呼吸新鮮空氣也對她有益。

我尤其想儘量和她多待一些時間。

她同意了，便穿上一件大衣，和納妮娜一道送我，免得一個人回來孤單。

有多少次我都不想離開。不過渴望能早去早回，又擔心再次惹得父親對我不滿，我也就狠下心來乘車走了。

「今晚見。」分別時我對瑪格麗特說道。

她沒有應聲。

我對她講同樣的話沒有得到回答，這種情況曾經有過一次，就是德·G伯爵，您還記得他吧？就是伯爵去她家過夜的那一天。不過事情過去很久了，彷彿已經從我的記憶中抹去，如果我還擔心什麼的話，那也絕不會是瑪格麗特欺騙我。

到了巴黎，我就跑去找普呂當絲，請求她去探望瑪格麗特，希望她那種活躍和喜悅能為瑪格麗特消愁解悶。

我沒讓人通報就進去了，看見普呂當絲正在梳妝打扮。

「哦！」她神色有點兒不安地對我說道，「瑪格麗特和您一起來了嗎？」

「沒有。」

「她身體好嗎？」

「她不大舒服。」

「她今天不來了嗎？」

「她打算來了嗎？」

杜韋爾努瓦太太臉紅了，頗為尷尬地答道：

「我的意思是說，既然您來巴黎，她不來跟您會合嗎？」

「不來。」

我注視著普呂當絲，她垂下眼瞼，從她那神態我彷彿看出，她怕我的來訪拖延到她的時間。

「我來是要請求您，我親愛的普呂當絲，假如您沒有什麼事情，那麼請您今天晚上去看看瑪格麗特、去陪陪她，也可以睡在那裡。我從未見過她像今天這種樣子，我真擔心她病倒了。」

「我會在城裡用餐，」普呂當絲答道，「今天晚上去不了，明天我再去看瑪格麗特吧！」

我告辭了，覺得杜韋爾努瓦太太幾乎跟瑪格麗特一樣心事重重的。我前往父親下榻的旅館，他見到我的第一眼就仔細觀察我。

他向我伸出手來。

「你兩次來看我令我很高興，阿爾芒，」他對我說道，「這讓我產生希望，希望你那邊考慮過了，正如我這邊也考慮過了一樣。」

「能容許我問一聲嗎？父親，您考慮的結果是什麼呢？」

「我考慮的結果是，我的孩子，我誇大了別人提供給我情況的嚴重性，我打算對你不再那麼嚴厲了。」

「您說什麼，父親！」我高興地大聲說道。

「我是說呀，親愛的孩子，每個年輕人都得找個情婦。而根據我所得到的新情報，我倒樂意看到戈蒂埃小姐成為你的情婦，而不是另一個女人。」

「我的好父親！您讓我真幸福！」

我們就這個話題聊了一會，然後入座吃飯。晚飯自始至終，父親都是那麼和藹可親。

我急切地想返回布吉瓦爾，把這可喜的變化告訴瑪格麗特，不時地望向掛鐘。

「你在看時間，」父親對我說道，「這麼著急要離開我。唉！如今的年輕人啊！你們總是犧牲真摯的親情，去追求靠不住的愛情嗎？」

「不要這麼講，父親！瑪格麗特愛我，這一點我深信不疑。」

我父親不置可否，那樣子既不懷疑，也不相信。

他再三堅持，一定要我和他共度一個夜晚，第二天再走。然而，我離開時丟下了生病的瑪格麗特，所以請求父親容許我早點回去看她，並且答應他第二天再來。

天氣很好，父親要一直送我到車站月臺，我從未感到如此幸福。在我看來，未來正如我長久以來所憧憬的那樣。

我也從未像現在這樣愛我的父親。

就在我要動身的時候，他最後一次挽留我，被我拒絕了。

「你真的很愛她？」父親問我。

「一片痴情。」

「那就去吧！」父親說著，抬手抹了一下前額，彷彿要驅走一個什麼念頭。繼而他張了張嘴，似乎要對我說些什麼，但是卻欲言又止，僅僅和我握了握手，就突然離去，還對著我嚷了一句：

「好吧，明天見！」

第二十二章

我覺得火車開得太慢，好像沒有行駛一樣。

十一點，我才抵達布吉瓦爾。

我那房子沒有一扇窗戶有燈光，我拉響了門鈴，也沒有人應聲。

我還是頭一次碰到這種情況。園丁終於來了，我走進大門。

納妮娜拿著燈火來迎接我，我走到瑪格麗特的房間。

「夫人在哪裡？」

「夫人去巴黎了。」納妮娜回答我。

「去巴黎了！」

「是的，先生。」

「什麼時候走的？」

「就在您走之後一個小時。」

「她沒有給我留下什麼話嗎？」

「沒有。」

納妮娜退下。

「她很可能擔心，」我心中暗道，「我對她說是去看父親，只是一種藉口，好贏得一天的自由，於是就去巴黎查證了一下。」

「也有可能普呂當絲寫了信給她，說是有重要的事情，」剩下我一人時，便這樣想道，「可是我一到巴黎就見了普呂當絲，她對我講的話，沒有一句能讓我認為她給瑪格麗特寫了信。」

猛然間，我想起對她說瑪格麗特病了的時候，杜韋爾努瓦太太問了這麼一句：「她今天不來了嗎？」同時我還想起，我聽了這句似乎透露她們有約的話，注意看她時，普呂當絲的神態好尷尬。接著又聯想起瑪格麗特流了一天的眼淚，這一點倒因為父親的親熱接待而淡忘了。

從這時候起，一天內所發生的所有情況，全都圍繞著我最初的懷疑的打轉，將這懷疑牢牢地固定在我的頭腦中。所有的情況，甚至父親的寬宏大量，都成為我懷疑的證據。

瑪格麗特幾乎是強迫我去巴黎的。當我提出留在她身邊的時候，她還佯裝平靜下來。難道我陷入圈套中了嗎？瑪格麗特欺騙我了嗎？她原先打算及早趕回來，就不會讓我發現她外出了，不料被意外的事情給拖住了吧？為什麼她對納妮娜什麼也不講？為什麼她也不給我留個字條呢？她流淚，又獨自出門去，神神秘秘的，究竟是怎麼一回事呢？

這就是我懷著惶恐心情，站在這間空蕩蕩的屋裡，所產生的種種念頭。我同時兩眼盯著掛鐘，指到午夜的時針彷彿告訴我，時間太晚了，我不可能再期望看到我的情婦回來了。

然而，瑪格麗特做出了那種犧牲，我也接受了。我們才剛剛安排好了今後的生活，她還有可能欺騙我嗎？不可能，我竭力拋開我這些最先產生的猜測。

可憐的女孩可能為她的傢俱找到了買主，於是她前往巴黎簽訂這樁生意。她事先不願意告訴我，只因為她知道我雖然為了保障我們未來的幸福，願意接受出讓傢俱，但心裡畢竟還是很難過。她怕跟我講了，會傷害我的自尊心和高雅的性情。她寧願等這一切結束之後，再重新面對我。普呂當絲顯然是等她去辦這件事，結果在我面前露出了馬腳。瑪格麗特今天不可能辦完事情，或許就住在那裡。也許過一會兒就可能回來，因為她會想到我多麼擔心，肯定不願意把我一個人丟在這裡。

「可是，為什麼要流那麼多眼淚呢？這可憐的女孩確實愛我，但要狠心放棄奢華的生活，她一定也會傷心流淚。畢竟在這之前，她過慣了那種幸福又令人羨慕的生活。」

我倒十分樂意原諒瑪格麗特難以割捨的心情，急切地等她回來，好一邊盡情地吻她，一邊對她說，我早已猜出她偷偷出門的原因了。

然而，夜越來越深了，還不見瑪格麗特回來。

不安的鐵箍逐漸收緊，勒住我的頭和我的心。也許她出了什麼事！也許她受了傷、生了病、喪了命！也許不久就會來一個送信人，通知我發生了一起慘痛的事故！也許到了白天，我還要處於同樣惴惴不安、同樣擔心得要命的狀態。

現在，我不再想瑪格麗特欺騙我，她出門去而讓我處在惶恐不安中等待她，肯定有種違反她主觀意志的原因，使她遠離了我。我越想越確信，這種原因只會是遭遇了什麼不幸。唉！人的虛榮心啊！總是以各種形式表現出來。

一點鐘剛剛敲過。我想再等一小時，到了凌晨兩點鐘，如果瑪格麗特還不回來的話，我就動身前往巴黎。

我不敢多想了，在等待的時候就找一本書看。

《瑪儂．萊斯科》就攤在桌子上。書頁上許多處彷彿都被淚水打濕過。我翻了翻，又把書本合上。我的內心疑慮重重，書上的文字也都喪失了含意。

時間緩緩流逝。天空佈滿烏雲，一場秋雨敲打著玻璃窗。空空的床鋪，有時就猶如是一座墳墓。令我感到害怕。

我打開門側耳傾聽，只有聽到樹木間蕭蕭的風聲。大路上沒有駛過一輛馬車。教堂的鐘聲淒涼，敲響了半點鐘。

我甚至害怕有人乘虛而入，覺得在這種深夜，在這種陰沉天氣裡，來找我的只會是一個不幸的事件。

兩點的鐘聲敲響了。我又等了片刻，唯有掛鐘單調而有節奏的聲響，打破周圍的寂靜。

終於，我離開了這個房間。只因屋中最小的物品，也都披上了內心不安孤獨所散布到周圍的淒涼。

我走進隔壁房間，看到納妮娜趴在她的縫紉上睡著了。門聲一響，她便醒來，問我是不是女主人回來了。

「沒有。不過，如果她回來，您就告訴她，我實在不放心，就動身去巴黎了。」

「這個時候去？」

「對。」

「可是怎麼去呢?您找不到馬車了。」

「我步行去。」

「可是外面正下著雨呢！」

「那有什麼關係？」

「夫人要回來了，即使不回來，等到天亮再去也不遲，去看看她是因為什麼事情滯留了。您走這麼遠的路，別讓人殺害了。」

「沒有危險的，我親愛的納妮娜，明天見。」

這個忠厚的女孩去找我的斗篷，幫我披到肩上。她還要去叫醒阿爾努寡婦，問問她能不能找到一輛馬車。但是我不同意，確信這是白費力氣，而且這樣折騰的時間，已經足夠我趕一半的路程了。

況且，我也需要新鮮空氣，讓身體感到疲累。因為如此，就能耗盡控制我的亢奮情緒。

我拿了昂坦街那處房子的鑰匙，納妮娜一直送我到鐵柵門。我對她說聲再見，便上路了。

開頭我奔跑了起來，但是地面剛剛被雨淋濕，就要花上雙倍的力氣，跑了半個小時就不得不停下。我大汗淋漓，停下來喘口氣，之後又繼續趕路。夜色極為濃重，我擔心隨時會撞到路邊的樹上。眼前突然出現的樹木，真像朝我撲來的高大鬼怪。

路上遇見一、兩輛運貨馬車，很快就被我甩到後面。

一輛敞篷四輪馬車，朝布吉瓦爾方向疾馳過來。從我面前經過時，我忽然萌生一個希望：瑪格麗特就在車上。

我站住喊道：「瑪格麗特！瑪格麗特！」

可是沒人應聲，馬車繼續趕路。我目送著它駛遠，又接著往前走。我用了兩個小時，到了星形廣場[①]的城關。

我望見巴黎城區，就恢復了力量，沿著下坡路跑去。這條長長的林蔭路，我算不清走過多少次了。

這天夜裡，這條路上一個行人也沒有。

真像在一座死城裡散步。

天濛濛亮了。

我趕到昂坦街的時候，這座大都市已經開始蠢蠢欲動，但是還沒有完全醒來。

我走進瑪格麗特的住宅時，聖羅克教堂的大鐘正好敲響五點。

我向門房報上姓名，從前他從我手裡收了不少二十法郎的金幣，知道我有權在清晨五點進戈蒂埃小姐的家門。

因此毫無阻礙地，我就進去了。

本來可以問他一聲瑪格麗特是否在家，但是門房可能回答我說不在。我寧願多懷疑個兩分鐘，因為有懷疑就有希望。

我把耳朵貼到門上竊聽，想聽見一點聲響、一點動靜。

悄無聲息。鄉間的寂靜彷彿一直延伸到這裡。

我打開房門，走了進去。

窗簾全都拉得密不透風。

①．星形廣場：為巴黎著名地標、凱旋門的所在地。一九七〇年改名為戴高樂廣場。

我打開餐廳的窗簾，又走向臥室，推開房門。

我撲向窗簾的拉繩，猛力一拉。

窗簾向兩邊分開，微弱的晨光透進來，我跑到床前。

床鋪空無一人！

我把套房的每扇門都一一打開，察看每間房間。

一個人也沒有。

簡直快讓人發瘋了！

我走進梳妝室，打開窗戶，連聲呼喚普呂當絲。

杜韋爾努瓦太太的窗戶始終緊緊關著。

於是，我又下樓去找門房，問他昨天白天戈蒂埃小姐是否回過家。

「回來過，」門房答道，「是帶杜韋爾努瓦太太一起回來的。」

「她沒有留下什麼話給我嗎？」

「沒有。」

「您知道後來她們做什麼嗎？」

「她們上了馬車。」

「什麼樣的馬車？」

「一輛豪華的四輪轎車。」

這一切究竟是怎麼一回事呢？

我又拉了隔壁房子的門鈴。

「您找哪一家，先生？」門房打開門問我。

「找杜韋爾努瓦太太。」

「她沒有回家。」

「您確定嗎？」

「沒錯，先生。昨天晚上，甚至還有人給她送來一封信，我還沒有交給她呢！」

門房說著，就把信送到我的面前，我隨意瞥了一眼。

我認出是瑪格麗特的筆跡，我接過信。

信封上這樣寫道：

請杜韋爾努瓦太太轉交杜瓦爾先生。

「這是給我的信。」我對門房說道，同時指了指信封上的收信人。

「您就是杜瓦爾先生啊？」那人問我。

「對。」

「對！我認出您了，您時常會來杜韋爾努瓦太太家。」

我一來到街上，便拆開信封。

即使響雷落到我的腳下，也不如看了信令我這樣驚慌失措：

等您看到這封信時，阿爾芒，我已經成爲另一個男人的情婦了。我們兩人之間一切都結束了。

回到您父親的身邊吧！我的朋友，去探望您妹妹吧！她是貞潔的少女，沒有遭受過我們這些女人的種種不幸，而您在她身邊很快就會忘記，那個名叫瑪格麗特・戈蒂埃的墮落女孩對您造成的苦惱。您曾一時動情愛過她，也多虧了您，她才得以享受這一生僅有的幸福時光。而現在她希望這一生不會太長久了。

我讀完最後這句話，覺得自己真的要瘋了！

一時間，我確實害怕會一頭倒在大街上。我的眼前一片模糊，太陽穴也怦怦狂跳。

終於，我稍微冷靜下來，環視著周圍，十分驚訝地看到，別人都照樣地生活，並沒有因為我的不幸而停止。

我不夠堅強，無力獨自承受瑪格麗特所帶給我的打擊。

於是我想起，我父親還和我在同一座城市，只要十分鐘我就能到他的身旁，不管什麼理由的痛苦他都願意幫我分擔。

我像個瘋子一般、像個竊賊一樣，徑直地跑到巴黎旅館，看見父親客房的鑰匙還插在門上，便走了進去。

他正在讀些什麼。

他見到我並不感到驚訝，就好像他正在那裡等著我。

我一句話也不說就撲倒在他的懷裡，只把瑪格麗特的信遞給他，隨即倒在他的床前，忍不住熱淚滾滾。

第二十三章

生活的一切方面又重新恢復正常，我簡直不能相信，對我來說，新的一天跟以前的日子會有什麼不同。有時候我甚至會想像，我被一種想不起來的事情拖住，以至於不能夠到瑪格麗特的身邊過夜。可是，如果我回到布吉瓦爾，就會看到她跟我一樣擔驚受怕。她會問我，是誰把我留住，而把她一個人丟下。

生活一旦形成某種習慣，譬如這次相愛的習慣，如果打破了這種習慣，那麼就不可能不同時毀掉生活的其他一切動力。

因此，我必須不時地重讀瑪格麗特的信，才能讓自己確信這不是在做夢。

精神受到這種打擊，我的身體也接著垮了，動彈不得。心中焦慮不安，連夜趕路，早晨又得到這種消息，這些已經把我的身心消耗殆盡。我父親正是利用我完全筋疲力竭的機會，要我明確答應與他一起回家。

他要求什麼我都答應。因為我已無力進行爭論，只需要一種真摯的情感，以便讓我在發生這件事之後活下去。

我感到不幸中的大幸，就是父親特別願意安慰我走出這件傷心事。

我所能憶起的全部情景，就是那天五點左右，他讓我和他一起登上一輛驛車。他事先根本沒有跟我說一聲，就讓人把我的行李整理好，連同他的行李一起捆在後車廂，就這樣把我帶走了。

直到城市消失不見，旅途的孤寂又喚起了我心中的空虛，我才意識到自己在做些什麼。

於是，我又開始涕淚漣漣。

我父親明白，話語，即便是他的話語，也不能安慰我。他就一言不發地任由我哭泣，只有不時握一握我的手，似乎是提醒我身邊還有一個朋友。

天黑之後，我睡了一會兒。我夢到了瑪格麗特。

我猛然驚醒，一時間不明白怎麼會在一輛馬車上。

繼而，我又回到現實中，於是腦袋就垂到胸前。

我不敢跟父親說話，總擔心他對我這樣說：

「你看，我不相信這個女人的愛，還是有道理的！」

然而，他並沒有得理不讓人，驛車一直行駛到C城。他對我講的話，也與促使我離開巴黎的事件毫無相關。

當我到家擁抱我妹妹的時候，就回憶起瑪格麗特信中提到我妹妹的話。然而我當下就明白，無論我妹妹再好，也沒辦法讓我忘掉我的情婦。

打獵的季節到了，父親認為打獵能讓我開心一點。於是，他和鄰居、朋友組織了幾次出獵。我也參加了，但是既不反感也不熱心，一副麻木不仁的樣子。自從離開巴黎之後，我的一切行為都是處於這種狀態。

我們進行圍獵。我待在分派給我的位置，身邊放著沒有上好子彈的獵槍，開始胡思亂想。

我望著飄過的雲彩，任由神思在荒野上馳騁。我不時聽見一名獵手呼喚我，讓我看只離我十步遠的一隻野兔。

我這些細微的表現，無一逃過我父親的眼睛，他並沒有被我表面的平靜所蒙蔽。他完全明白，不管我現在多麼地消沉，總有一天，我的心會有強烈的，甚至很危險的反應。因此他極力避免顯露出他在安慰我，同時又儘量為我消愁解悶。

我妹妹自然不曉得這一連串事件的內情，也就無法理解從前我那麼地快活，為什麼突然會變得如此沉默寡言、黯然神傷。

當我陷入憂傷的時候，有時會撞見父親不安的眼神，於是我會伸手過去，握住他的手，好像默默地請他原諒我無意中對他造成的傷害。

一個月就這樣過去了，但我也只能忍受這麼久。

我總是念念不忘瑪格麗特。我從前乃至於到那時，我都太愛這個女人了，因此不可能突然改變態度，對她不聞不問。不管有多麼怨恨她，我也無論如何想再見見她，而且要立刻看到。

這種渴望一進入我的頭腦，就牢牢地扎了根。這個十分強烈的意志，終於又在我久無生氣的軀體中再現。

我想見瑪格麗特，不是等到將來，等一個月、等一周之後，而是在我產生這個念頭後的第二天。於是我去對父親說，我要離開他去巴黎辦事情，很快就會回來。

他無疑猜到了我要離開的動機，因為他苦勸我留下。不過，他見我的情緒十分激動，倘若不照這種願望去做，就可能會產生嚴重的後果。於是他便擁抱了我，幾乎快要流淚地，求我盡快回到他身邊。

前往巴黎的一路上，我睡不著覺。

一到巴黎，我該做些什麼呢？我不知道。不過，首先我必須打聽瑪格麗特的現況。

我到家裡換好了衣服，看看天氣晴朗，又有時間，我就去香榭麗舍大道。

半個小時之後，我遠遠地望見瑪格麗特的馬車，它從圓形廣場駛向協和廣場。車還是原先的那輛車，她又買了馬，但是她沒有在車裡。

我一發現車上沒人，便四處張望，看見瑪格麗特正由我從未見過的一個女人陪同，徒步朝我這邊走來。

她從我身邊走過時，頓時臉色發白，嘴唇抽搐，神經質地微微一笑。至於我，我的心一陣狂跳，震盪著我的胸膛，但我還是控制住自己，臉上露出一副冰冷的表情，冷淡地向我過去的情婦打了聲招呼。她幾乎立即就回到馬車前，和她的女友一起上了車。

我了解瑪格麗特。跟我不期相遇，她必然會感到心慌意亂。毫無疑問地，她得知我離開了巴黎，因而放下心來，不必顧慮我們關係破裂的後果了。不料又看到我回來，而且還跟我打了照面。發現我的臉色十分蒼白，她就會明白我回來必有目的，心裡一定猜測將要發生什麼事情。

如果我看到瑪格麗特落入不幸的處境，如果我是來向她報復，卻又能救助她，那麼也許我會原諒她，肯定不會想再傷害她。然而，我看見她生活得很幸福，至少表面上如此。過著由另一個人供給，而我卻無力使她維持的奢華生活。她主動斷絕我們之間的關係，使得這種行為帶有最低俗的圖利性質。因此我的自尊心和愛情都受到了侮辱，她必須為我所遭受的痛苦付出代價。

我還不能做到漠然對待這個女人的所作所為，因此能給她造成最大傷害的，莫過於我的冷漠態度。所以我必須佯裝這種情緒，不僅在她眼前，而且在眾人面前都要如此。

我竭力擺出一副笑容可掬的樣子，前去拜訪普呂當絲。

女僕去為我通報，讓我在客廳裡稍等片刻。

杜韋爾努瓦太太終於出來，將我引進小客廳裡。當我正要坐下時，就聽見客廳的門打開，地板上響起輕微的腳步聲，接著通往樓梯的房門重重地關上了。

「我打擾到您了？」我問普呂當絲。

「沒有，剛才瑪格麗特在這裡。她一聽到通報您的名字，就趕緊溜走了。剛剛出去的就是她。」

「為什麼，現在她害怕我嗎？」

「不是的，她是怕您討厭見到她。」

「為什麼呢？」我問道，同時竭力保持呼吸自然，因為我激動得喘不過氣。「可憐的女孩離開了我，以便重新擁有她的馬車、傢俱和鑽石首飾，她這樣做就對了，我不應該怪她。今天我遇見過她。」我又漫不經心地補充道。

「在哪裡？」普呂當絲問道，同時注視著我，心裡似乎在問，這個人真的是她從前認識的那個多情男子嗎？

「就在香榭麗舍大道，她和一位非常美麗的女人在一起。那女人是誰？」

「她長什麼樣子？」

「一頭金髮，鬢角梳著髮髻，身材苗條，有一對藍色的眼睛，打扮得非常漂亮。」

「啊！那是奧蘭普，她的確是個非常美麗的女孩。」

「她在跟誰同居？」

「沒有跟任何人，又可以跟所有人同居。」

「她住在哪裡？」

「住在特隆謝街，門牌號……咦！啊，您要追她呀？」

「誰也說不準會發生什麼事。」

「那麼瑪格麗特呢？」

「如果對您說，我根本不想她，就恐怕是說謊了。不過，我這種人，特別看重斷絕關係的方式。然而，瑪格麗特隨隨便便就把我打發掉，讓我感到當時我那麼愛她，實在是太傻了。因為，那時我確確實實非常愛這個女孩。」

您可以想見，我儘量以什麼口氣講述這種事，汗水從我的額頭流淌下來。

「那時她也很愛您，而且，她也一直愛著您。證據就是，她今天遇見您，立刻就來告訴我。她趕到這裡時，渾身發抖得厲害，簡直快要暈過去。」

「那麼，她對您說了什麼？」

「她對我說『他一定是來看您的』，她還請我懇求您原諒她。」

「我已經原諒她了，這話您可以告訴她。她是個好女孩，但是是一個妓女，她怎麼對待我，我早就該料到了。我感謝她做出了那種決定，因為今天我就在思考，我和她完全在一起生活的想法，會把我們帶到什麼境地。那時候簡直是荒唐。」

「如果她聽說您也認為她是迫不得已的，那她一定會很高興。我親愛的，幸好她及時離開了您。那個受她委託代賣傢俱的渾蛋經紀人，去找了她的那些債主，問他們她欠了多少錢；債主們早就怕還不了債，於是兩天之後會進行拍賣。」

「現在呢，債都還清了嗎？」

「差不多還清了。」

「是誰出的錢？」

「是德．N伯爵。哦！我的寶貝！有些男人，天生就是做這種事的。總之，他出了兩萬法郎，當然他也達到了自己的目的。他完全清楚瑪格麗特不愛他，但是他不在乎，對瑪格麗特還是非常的好。您已經看到了，他幫她買回了馬匹，給她贖回了首飾，還像原先公爵的標準，給她同樣數目的錢。只要她願意安安穩穩地過日子，這個男人就會長久維持和她的關係。」

「那麼，她現在在做什麼？她一直住在巴黎嗎？」

「自從您離開之後，她一次也不願意回布吉瓦爾。是我把她的所有東西取回來的，連同您的東西，我也打包了，您可以派人來這裡取走。全包裝在一起，只差一個小皮夾子，那上面有您姓名縮寫的字母，瑪格麗特要拿走留在身邊。如果您非要不可，我就從她那裡討回來。」

「讓她留著吧！」我訥訥地說道，覺得淚水從心頭湧上了眼睛，只因為我想起曾經那麼幸福生活過的那個村莊，想到瑪格麗特執意要留下我的一樣紀念品。

如果她這個時候進來，我就會打消報復的決心，跪到她的腳下。

「還有，」普呂當絲說道，「我從未見過她現在這種樣子。她幾乎不睡覺、趕場參加舞會、吃宵夜，甚至還喝醉酒。就說上次，她吃完宵夜，就在床上躺了一個星期。當醫生允許她起床之後，她還是照舊那樣生活，也不顧自己的死活。您要去探望她嗎？」

「何必呢？我是來看您的，您這個人，始終對我那麼好。而且，我是先認識您，之後才認識瑪格麗特的。多虧了您，我才能成為她的情人，同樣也是多虧了您，我不再是她的情人了，對不對？」

「噢！當然了，我盡了全力促使她離開您。我相信，以後您不會怪罪我的。」

「我要加倍感謝您呀！」我補充一句，便站起身來，因為我討厭這個女人，她居然把我對她講的話全信以為真了。

「您要走了嗎？」

「對。」

情況我了解得差不多了。

「什麼時候還能見到您？」

「很快吧，再見。」

「再見。」

普呂當絲一直送我到房屋門口。我回到自己的住處，眼眶含著憤怒的淚水，心裡則燃燒著復仇的烈火。

由此看來，瑪格麗特顯然跟其他風塵女子一樣。她對我的那種深摯愛情，還是抵禦不了重過昔日生活的欲望，也抵禦不了擁有一輛馬車和酒宴的誘惑。

這就是失眠的夜晚裡，我內心的想法。假如我真像裝出來的那樣冷靜，認真地思考，我就不難看出，瑪格麗特過著那種喧鬧的新生活，是希望壓抑一種揮之不去的思念，一種持續不斷的回憶。

不幸的是，我受到了惡意衝動的控制，一心想辦法去折磨那個可憐的女人。

唉！男人啊，當他的某種狹隘情感受到傷害時，就變得多麼渺小、多麼卑劣！

我看見和瑪格麗特在一起的那個奧蘭普，即使算不上她的好友，至少也是瑪格麗特回巴黎後最常來往的人。奧蘭普要舉辦一場舞會，我預料瑪格麗特也會到場，於是就設法弄到一張邀請卡，結果如願以償。

我滿懷痛苦和激動的心情來到舞會，只見舞廳已經相當熱鬧了。大家跳舞，甚至還大呼小叫，在跳一場四組舞時，我看見瑪格麗特在和德・N伯爵跳舞。伯爵得意揚揚，向人炫耀自己的舞伴，那神情分明在告訴大家：

「這個女人是我的！」

我走過去，背靠壁爐站著，正好面對瑪格麗特，看著她跳舞。她一發現到我，神情就慌亂了起來。我則注視著她，用手勢和眼神漫不經心地向她打招呼。

我一想到舞會之後，瑪格麗特不再是跟我，而是跟這個富有的蠢貨一同離開，一想像他們回到她家之後，可能會發生的事情，一股熱血就湧上我的面頰，而且產生了想要破壞他們愛情的願望。

四組舞跳完之後，我就走過去，向女主人致意。女主人向賓客展示她那美妙的雙肩，以及半裸的迷人胸脯。

這個女孩一副如花的容貌，從身材來看，長得比瑪格麗特還要美。我和奧蘭普說話時，從瑪格麗特幾次向她拋來的眼神，讓我明白了這一點。能成為這名女子的情人，也可以和德·N伯爵一樣得意。而且，她也同樣花容月貌，能激發我的情欲，不亞於瑪格麗特當時啟發我的激情。

在那段時間，奧蘭普沒有情人。要成為她的情人也不難。只要讓她看到足夠的金幣，就能引起她的青睞。

我打定主意，要讓這個女子當我的情婦。

我一邊和奧蘭普跳舞，一邊扮演著追求者的角色。

半小時之後，瑪格麗特的臉色蒼白得像死人一樣，她穿上皮大衣，離開了舞會。

第二十四章

已經有效果了，但是還不夠。我知道自己對這個女人的影響力，便卑劣地濫加運用。

現在想來她已經死了，我捫心自問，上帝能否寬恕我帶給她的傷害。

吃完極為喧鬧的宵夜之後，大家開始賭博。

我坐在奧蘭普身邊，十分大膽地下賭注，就不能不引起她的注意。沒有多久，我就贏了一百五十至二百路易金幣，全部擺在面前，她用那火熱的眼神注視著。

唯獨我沒有專心在賭博上，還分神注意她。後半夜我一直在贏錢，還出錢給她下注，因為擺在她面前的錢全輸光了，也許她只有那麼多錢。

清晨五點，大家都離去了。

我贏了三百路易金幣。

所有賭客都已經下樓去，只有我留在後面，卻沒有人發覺，因為那些先生沒有一位是我的朋友。

奧蘭普親自幫下樓的客人照亮，我正準備像其他客人一樣下樓，卻忽然轉身對奧蘭普說道：

「我得和您談談。」

「明天吧！」她回答我。

「不，就現在。」

「您有什麼話要對我講呢？」

「您會知道的。」說著，我回到房間。

「您輸了錢。」我對她說道。

「對。」

「輸掉了您所有的錢嗎？」她遲疑了一下。

「請坦率地講吧！」

「好吧！是這樣。」

「我贏了三百路易，全部在這裡呢！只要您肯讓我留宿。」

我說著，便把金幣扔到桌子上。

「為什麼提出這個建議？」

「這還用問，因為我愛您！」

「不對，是因為您愛瑪格麗特，您要報復她，才想成為我的情人。像我這樣的一個女人您是騙不了的，我親愛的朋友。只可惜我這麼年輕，又這麼漂亮，總不能接受您建議我扮演的角色。」

「這麼說，您拒絕囉？」

「對。」

「您願意什麼也不收就愛我嗎？那我倒不同意了。考慮一下吧！我親愛的奧蘭普，我本來可以隨便委託一個人來，按照我的條件送給您這三百路易金幣，那您就會接受了。但我更樂意直接和您商量這件事情。您只需要接受，不必問這個舉動的緣由。您自己也說您長得很美，因此我愛上您，並沒有什麼好大驚小怪的。」

瑪格麗特跟奧蘭普一樣，也是風塵女子，然而初次見到她的時候，我怎麼也不敢對她說剛剛對這個女人所說的話。這是因為我愛瑪格麗特，我看出她身上具有這個女人所缺少的本能。甚至就在我這筆交易就要談妥之際，儘管她是個絕色的女子，還是令我心生厭惡。

不必多說，她最終還是接受了。中午我走出她家門時，已經成為她的情人了。她收下我那六千法郎，就認為自己有義務對我百般溫柔、千般恩愛了。但我離開她床鋪的時候，並不留戀她的愛撫與情話的記憶。

可是，有人就為了這個女人，最後傾家蕩產。

從這一天起，我時時刻刻都在讓瑪格麗特忍受折磨。奧蘭普不再和她見面了，您不難理解那是為什麼。我送給了新情婦一輛馬車、一些首飾，我還賭博。總而言之，我揮霍無度，完全像一個愛上奧蘭普這樣女子的男人。我有了新歡的消息，很快就傳開了。

就連普呂當絲也受騙上當，最後還真以為我完全忘掉了瑪格麗特。至於瑪格麗特，或許看出了我這種行為的動機，也或許像其他人那樣判斷錯誤。面對每天我給她的傷害，她表現出一種極大的尊嚴。不過，她顯然很痛苦，因為，我無論在哪裡遇見她，都發現她的臉色越來越蒼白，神情越來越憂傷。我對她愛極生恨，看到她每天都那麼痛苦，便有種幸災樂禍之感。在我卑劣地表現殘酷無情的時候，瑪格麗特曾多次向我投來萬分哀求的目光，我不免為自己所扮演的角色而羞紅臉，幾乎快要請求她的原諒了。

但是，這種愧疚猶如電光石火，一閃即滅。奧蘭普終於把自尊心完全拋到一旁，她明白只要傷害瑪格麗特，就能從我這裡得到她想要的一切，於是不斷地煽動我敵視瑪格麗特，只要一有機會就侮辱她。顯示出受到男人縱容，女人所具有的那種不依不饒的卑劣手段。

到最後，瑪格麗特怕碰見奧蘭普和我，就不再參加舞會，也不去看戲了。這樣無法當面無禮羞辱，就寄匿名信，把什麼醜事統統都往瑪格麗特身上推。我不是親口說，就是指使我的情婦去散布。

人只有發瘋了，才會走到那種地步。我就像個灌飽了劣酒的醉鬼，耍起了酒瘋，即使雙手犯了罪，自己也意識不到。在這一切報復中，我也是個受害者。瑪格麗特不卑不亢，以平靜尊嚴的態度面對我的種種攻擊。她的那種態度，在我看來更勝我一籌，也就越激起我對她的惱恨。

某一天晚上，奧蘭普不知道去了什麼場合，遇見了瑪格麗特。這次，瑪格麗特沒有輕饒這個侮辱她的蠢女孩。奧蘭普被迫退讓，她怒氣沖沖地回到家中，而瑪格麗特則是氣昏過去，被人抬走了。

奧蘭普回到家中，向我講述了事情的經過，說瑪格麗特看見她獨自一人，就要向她報當我的情婦之仇，她要我無論如何都要寫信給瑪格麗特，告訴她有沒有我陪伴，她都應該尊重我所愛的女人。

無須多說，我當下就同意了。而且，凡是我所能想到挖苦、羞辱、刻薄的話語，我全都寫入這封信中，當天就把信寄給了瑪格麗特。

這次打擊太大了，這位可憐的女人不可能默默忍受。

我就料到會有回信，因此決定守在家裡，一整天也不出門。

將近兩點鐘，有人拉門鈴，我看見普呂當絲進來。

我竭力擺出一副若無其事的樣子，問她來找我有什麼事。不過這一次，杜韋爾努瓦太太臉上沒有笑容，說話的語氣很嚴肅，又頗為激動，她對我說，自從我回到巴黎，也就是說大約三周以來，我從沒放過可以傷害瑪格麗特的機會，害她因此生了病。昨天的那場風波和我今天早晨的信，終於讓她臥床不起。

總之，瑪格麗特並沒有責備我，只派她來向我求饒，說她無論精神還是身體，都承受不了我對她的打擊了。

「戈蒂埃小姐把我從她家裡趕走，」我對普呂當絲說道，「這是她的權利，可是，她侮辱我心愛的女人，只因這女人是我的情婦，這是我絕不能容忍的。」

「我的朋友，」普呂當絲對我說道，「您是被一個沒有心肝、沒有頭腦的女孩給影響了。不錯，您愛她，但是不能憑這個理由，就要折磨一個不能自衛的女人。」

「那就讓戈蒂埃小姐派德．N伯爵來找我，這樣就公平了。」

「您明明知道她不會那樣做。因此，我親愛的阿爾芒，您就讓她安靜點吧！她那樣子，您若是見到了，一定會為自己這樣對待她而感到羞愧。她面無血色，還不停地咳嗽，恐怕活不了多久了。」

普呂當絲還把手伸給我，補充說道：

「去看看她吧！您去探望她，會讓她非常高興的。」

「我不想碰見德．N先生……。」

「德．N先生從來就不會到她家裡，她容忍不了他。」

「假如瑪格麗特非要見我不可，她知道我住在哪裡，讓她來吧！我的腳再也不會踏上昂坦街。」

「您會好好接待她嗎？」

「毫無疑問。」

「那好，我相信她會來。」

「讓她來吧！」

「您今天會出門嗎？」

「整個晚上我都會待在家裡。」

「我去告訴她。」

普呂當絲走了。

我甚至沒有寫信給奧蘭普，說我不去看她了。我跟這個女孩不必顧慮什麼，一周也只是勉勉強強去她那裡過一夜。她也有自我安慰的辦法，我想，那個情人是林蔭大道哪家劇院的一名演員吧！

我出去吃晚飯，幾乎馬上就回來了。我吩咐將房間裡的爐子全生了火，然後把約瑟夫打發走。

我不可能向您描繪，我在一小時的等待中，湧上心頭的酸甜苦辣各種滋味。不過，將近九點鐘，我一聽見門鈴響，這些滋味就匯聚成一種萬分激動的心情，我去開門時，甚至不得不靠著牆壁以免跌倒。

幸好前廳光線昏暗，看不太清楚我臉上的失態。

瑪格麗特走了進來。

她身穿黑色衣裙，面戴著黑紗。我幾乎認不出那花網所遮住的面孔。她走進客廳，掀起面紗。

她的臉色像大理石一樣蒼白。

「我來了，阿爾芒，」她說道，「您希望見我，我就來了。」

說罷，她低下頭，雙手捂面失聲痛哭。

我走到她跟前。

「您怎麼啦？」我的聲音都岔了，對她說道。

她已經泣不成聲，沒有回答，只是緊緊地握住我的手。過了一陣子，她稍微平靜了一點，才對我說道：

「您害得我好苦啊！阿爾芒，我沒做過什麼對不起您的事。」

「從沒有做過？」我苦笑一下，反駁道。

「沒有，除非是迫不得已的事情。」

我不知道您生活中是否曾體會過，或者將來能體會到，我看見瑪格麗特時的感受。

上次她來我這裡，也是坐在她剛坐下的位置，只不過這段時間以來，她成為另一個人的情婦了，吻她嘴唇的是別人，而不是我了。然而我還是不由自主地，將嘴唇湊過去，內心感到我還一如既往，甚至比以往任何時候都更愛這個女人。

可是，我一時間難以開口，談論把她帶來這裡的話題。瑪格麗特無疑明白了這點，因此她接著說道：

「我這次來打擾您，阿爾芒，就是想求您兩件事：一件是請您原諒我昨天對奧蘭普小姐說過的話，第二是請您手下留情，不要再做您也許還準備對我做的事。自從您回到巴黎，不管有意還是無意，您傷害我非常多。這一系列的衝擊，直到今天上午我都忍受了，但是現在我連四分之一都承受不了。您會可憐我的，對不對？您也會明白，對一個心地善良的人來說，有多少重要的事情要做，何必去報復一個憂傷多病的女子。您來摸摸我的手，我在發燒。我下床是來請求您，不是求您給我友誼，而是求您對我保持冷漠的態度。」

我抓住瑪格麗特的手，手果然滾燙，可憐的女人穿著絲絨外套，渾身還直發抖。

「您以為我就不痛苦嗎？」我接著說道，「那天夜晚，我在鄉下等您，又趕到巴黎尋找您，結果只找到這封信，這封差一點就把我逼瘋的信。

「我那麼愛您，瑪格麗特，您怎麼能欺騙我啊！」

「我們就不談這個了。阿爾芒，我這趟來不是要談這件事。我希望不要在您的身上看到仇敵，此外別無他求，我也希望能再次跟您握手。您有一個年輕、美麗的情婦，據說您愛她。願您和她一起生活幸福，同時把我忘掉吧！」

「您呢，您生活一定幸福啦？」

「我這張面孔，像個幸福的女人嗎，阿爾芒？不要嘲笑我的痛苦，您比誰都了解這痛苦的理由和程度。」

「果真如您所說的那樣，那麼永遠擺脫不幸，也完全取決於您本人。」

「不對，我的朋友，當時的環境比我的意志更強大。我並不像您所暗示的那樣，順從我作為風塵女子的本能，而是順從一種迫不得已的嚴重情況，順從那些您總有一天會知道，並且促使您原諒我的原因。」

「這些原因，為什麼您今天不能告訴我呢？」

「因為這些原因，非但不能修補我們之間不可能的關係，也許還要使我們疏遠不應該疏遠的人。」

「您指的是什麼人？」

「我不能告訴您。」

「那麼，您就是在說謊。」

瑪格麗特站起身，朝門口走去。

目睹這種無言而明顯的痛苦，我不能無動於衷，不禁在心裡拿這個面無血色、淚流滿面的女人，去比較曾在喜歌劇院嘲弄我的那個得意女孩。

「您不能走。」我擋在門口說道。

「為什麼？」

「因為不管妳對我做了什麼，我都始終愛妳，我要把妳留在這裡。」

「到明天你就會把我趕走，對不對？不行，這不可能！我們兩人的命運已經分開，就不要再試圖結合了。現在您只是恨我，如果再結合，您也許就要蔑視我了。」

「不會的，瑪格麗特，」我高聲說道，只覺得一接觸到這個女人，我的全部愛情、全部欲念都又甦醒了，「不會的，我會忘掉一切，我們會像從前所打算那樣，一起過幸福的日子。」

瑪格麗特懷疑地搖了搖頭，說道：

「難道我不是您的奴隸、您的狗嗎？隨便您怎麼支配我吧！我都依您，我是您的。」

她隨即脫下外套、帽子，扔到長沙發上，又突然開始解衣裙的領扣，因為她的病常有這種反應，血液一從心臟湧上頭部，便會喘不過氣了。

接著便是一陣嘶啞的乾咳。

「吩咐人告訴我的車夫，」她又說道，「把車趕回去吧！」

我親自下樓去將那人打發走。

我回屋裡一看，瑪格麗特已經躺在爐火前，她冷得牙齒咯咯作響。

我把她摟到懷裡，為她脫去衣裳，而她則一動不動，渾身冰涼，我就把她抱到我床上。

接著，我就坐到她身邊，儘量用我的愛撫替她溫暖身子。她一句話也不對我講，只是對我微笑。

哦！這真是一個奇妙的夜晚。瑪格麗特的全部生命，似乎都傾注在她給我的狂吻中，而我也愛得發狂，在我歡愛的高潮中，甚至想過我要不要殺了她，好讓她永遠也不能屬於另一個人了。

如果像這樣相愛上一個月，那麼肉體和心靈就會熬盡，僅剩下一副屍骨了。

天亮了，我們還未合眼。

瑪格麗特臉色慘白，一句話也不講，眼裡不時滾下大滴的淚珠，在面頰上停留，像鑽石一般晶瑩閃亮。她的雙臂筋疲力竭，不時張開要擁抱我，但又無力地跌落到床上。

有一陣子，我以為能夠忘卻我離開布吉瓦爾之後所發生的事情，於是對瑪格麗特說道：

「我們走好嗎？我們離開巴黎好嗎？」

「不行，不行，」她幾乎驚慌地答道，「那樣我們會陷入極大的不幸，我對你的幸福沒有什麼用處了。但是，我只要還有一口氣，就是你的奴隸、任你擺佈。白天或是夜晚，不管什麼時候，你想要我就來吧！我總是你的。不過，再也不要把你和我的前途綁在一起，如果那樣，你就會非常不幸，也會使我非常不幸。

「在這一段時間，我仍是個美麗的女孩，你就好好享用吧！但是不要再要求我別的事了。」

她走之後，將我丟在孤寂之中，令我不免感到驚慌失措。兩個小時過去了，我還坐在她剛離開的床鋪上，凝視她所留下的枕頭皺褶，心想我夾在愛情和嫉妒之間，會是什麼結果。

到了下午五點鐘，我來到昂坦街，自己也不知道去那裡幹什麼。

納妮娜為我打開房門。

「夫人不能接待您。」她為難地對我說道。

「為什麼？」

「因為德．N伯爵在裡面，他吩咐我不能讓任何人進門。」

「是這樣，我倒忘記了。」我訥訥說道。

我像個喝醉酒的人，回到自己的住處。您知道在我嫉妒得喪失理智，在那種時候做了什麼嗎？那一刻足以讓我做出可恥的舉動，您知道我做了什麼嗎？我心想，這個女人並不把我放在眼裡。我想像她跟伯爵幽會，嚴禁別人打擾，並且重複她昨夜對我說過的話。轉念至此，我就取出一張五百法郎的鈔票，寫了這樣兩句話：

今天早晨您走得太匆忙，我忘記付給您錢了。

這是昨夜的費用。

我把錢和便箋放在一起，派人送去給瑪格麗特。

信送走之後，我就出門去，彷彿要逃避這種卑劣行為忽然產生的愧疚感。

我去奧蘭普那裡，看到她正在試穿衣裙。等到只剩下我們兩個人的時候，她就唱些色情歌曲給我解悶。

奧蘭普是典型的妓女，不知羞恥、沒有心肝，也沒有頭腦，至少在我看來是這樣。因為，也許有個男人做過與她一起生活的美夢，如同我對瑪格麗特的夢想那樣。

她向我要錢，我給了她。於是就可以隨意走掉，回到自己的住處。

瑪格麗特沒有回信給我。

不用說您就知道，第二天一整天，我是在多麼焦慮不安中度過的。

傍晚六點半，一個信差為我送來一個信封，裡面裝有我寫給她的信和那張五百法郎的鈔票。沒有寫任何字。

「這是誰是交給您的？」我問那個人。

「一位夫人，她跟女僕上了一輛去布洛涅①的驛車走了。她吩咐我等驛車駛出院子，再把信送來給您。」

我跑到瑪格麗特家。

「夫人六點動身去了英國。」門房回答我。

無論是恨還是愛，再也沒有什麼能把我留在巴黎了。這些所有遭遇、打擊，把我弄得筋疲力竭。正好一位朋友要去東方旅行，我想跟他一塊前往，便把這種願望告訴父親。父親開給我幾張匯票，還囑咐了一些事項。一星期至十天以後，我就在馬賽②上了船。

我是到了亞歷山大③，才從大使館的一名隨員那裡獲悉這可憐女孩的病情。從前我在瑪格麗特家中，曾與那名隨員見過幾次面。

於是，我給瑪格麗特寫了信，她也給我回了信。她的回信您看過，我是在士倫④收到的。

我馬上起程，後來的情況您都知道了。

現在，您只差看這幾頁文字了。這是朱麗・杜普拉轉交給我的，是我剛對您講述的故事不可缺少的補充。

①・布洛涅：位於法國西北部加來省的漁港城市。
②・馬賽：法國最大商業港口，亦為地中海最大的商業港口。
③・亞歷山大：埃及主要港口城市。
④・士倫：法國南方地中海海岸的軍港。

第二十五章

阿爾芒的長篇敘述，經常會因為流淚而中斷。他講完之後十分疲憊，把瑪格麗特的幾頁手記交給我，便用雙手扶住額頭，闔上眼睛，也許是閉目沉思，也許是想小睡一會。

過了片刻，一種略微急促的鼻息向我表明，阿爾芒睡著了，但是睡得很輕，稍微有點動靜就會驚醒。

以下是我讀到的手記內容，我一字不漏地抄錄下來：

今天是十二月十五日，我病倒已有三、四天了。今天早晨臥床不起。天氣陰沉沉的，我也黯然神傷，身邊一個人也沒有。我在思念您，阿爾芒。而您呢？在我寫這幾行文字的時刻，您在什麼地方？我聽說您離開巴黎，去了遙遠的地方，也許您已經忘掉了瑪格麗特。總之，願您幸福，畢竟我一生僅有的快樂時光是您給的。

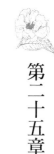

我早就抑制不住，渴望向您解釋一下我的行爲，寫一封信給您。不過，這封信出自我這樣一個女孩的手筆，就可能被人看做是滿紙謊言，除非寫信的人以死來證實，而且除非這不是一封信，而是一篇懺悔文。

今天我生病了，有可能不治而亡，因爲我始終有種我會紅顏薄命的早逝預感。我的母親死於肺病，這種病症，是她留給我的唯一遺產。而迄今爲止，我的生活方式，只會使病情惡化。但是，在您徹底地了解我之前，我還不想死。萬一您回來，還想關心您走之前熱戀的那個可憐女人的話。

以下就是這封信的內容，我樂意重抄一遍，以便給我的辯白一個新的證據：

您還記得，阿爾芒，我們在布吉瓦爾的時候，如何看待您父親到達巴黎的消息。您還記得，他的到來引起我不由自主的恐懼，還記得當天晚上，您對我講述你們父子之間的爭執。第二天，您到巴黎，總是見不到您父親回來在等待的時候，一個男人登門要見我，交給我一封杜瓦爾先生的信。

他那封信我附在這裡，信中以最嚴厲的措辭，要我次日隨便找個藉口把您支開，以便接待您的父親。他要跟我談談，還特別叮囑我，一句也不要向您透露他的這個舉動。

您不會忘記在您回來之後，我怎樣一再勸您隔天再去巴黎。

您走之後的一小時，您父親就來了，他那一副嚴厲面孔所給我的印象，就不必向您描述了。您父親滿腦子陳舊的觀念，認定只要是交際花都沒有心肝、沒有理智，猶如一台吞錢的機器，就像一台鋼鐵鑄成的機器一般，隨時會軋斷遞送東西給它的手，而且毫不留情、不加區別地毀掉讓它存活並運轉的人。

您父親寫給我的那封信很得體，要我同意接待他，可是一見面，就不完全像信中所表現的那樣了。他開頭幾句話相當傲慢無禮，甚至還帶著幾分威脅。於是我不得不讓他明白，我是在自己的家中，僅僅是看在我對他兒子眞摯感情的份上，我才會告訴他有關我的生活狀況。

杜瓦爾先生的情緒有稍微平和一點，然而他又對我說，他不能再容忍下去了，他幾乎要爲我傾家蕩產。還說我長得漂亮，這是眞的，但是無論我多麼漂亮，也不應該利用自己的姿色，像我這樣大肆揮霍，去斷送一個年輕人的前程。

對這種指責，只有一種回答，對不對？那就是拿出證據來。自從做了您的情婦，爲了忠於您，我不惜做出任何犧牲。反之，向您索求的錢從未超出您的財力。我給他看了當票和收據，不能售出的物品就典當了。我還告訴您父親，我決定賣掉我的傢俱，既是爲了還債，也是爲了和您一起生活，不讓您的負擔過重。我向他講述了我們的幸福，講述了您曾向我展示過那種更爲安寧、更爲幸福的生活。您父親終於認清了眞相，他向我伸出手，請我原諒他剛見面時對我的那種態度。

接著，他對我說道：

「既然如此，夫人，我就不能用指責和威脅，而要用祈求，設法說服您做出一種更大的犧牲，超過至今您爲我兒子所做出的所有犧牲。」

這個開場白令我不寒而慄。

您父親走到我面前，拉起我的雙手，以親切的口氣接著說道：

「我的孩子，您不要從壞的方面理解我要對您說的話，只需明白生活對情感是殘酷的，往往會提出苛刻的要求，卻必須委曲求全。您的心地善良，您心靈所具有的寬宏大量性格，是許多比不上您，也許還鄙視您的女人所缺乏的。不過您要考慮，除了情婦還有家庭，愛情之外還有責任，過了充滿激情的年齡，人變成熟了，在社會上要受人尊敬，就必須有一個牢固而體面的地位。我的兒子沒有財產，然而，他卻準備把他母親的遺產讓給您。如果他接受了您所做出的犧牲，那麼他基於榮譽和尊嚴，也會給您補償，用這筆錢保證您永遠不會陷入絕境。然而，您的這種犧牲，他不能夠接受，因爲大家並不了解您，會認爲他接受這種犧牲，是出於不光彩的原因，以至於玷汙了我們的姓氏。別人才不管阿爾芒是否愛您、您是否愛他，才不管你們相愛他幸不幸福、您有沒有從良。他們只會看到一件事，那就是阿爾芒竟然同意一個妓女，請原諒我，我的孩子，我不得不對您直言，竟同意一個妓女爲他賣掉了自己的物品。以後，責備和痛悔的日子將會到來。請相信這一點，誰也避免不了，你們也一樣，兩個人都套上了枷鎖，根本掙脫不開。到那時候你們該怎麼辦呢？您的青春耽誤了，我兒子的前程也斷送了。而我呢！他的父親，本來期待從兩個孩子得到回報，結果只能指望一個了。

「您年輕，人又漂亮，生活會爲您帶來安慰。您的性格高尚，回憶所做的一件好事，就能抵贖許多從前做過的事。阿爾芒認識您這半年來，就把我忘掉了。我給他寫過四封信，他一次也沒有想到回信給我。恐怕我死了他都不知道啊！

「不管您下多大的決心，要過與您從前完全不同的生活，可是阿爾芒愛您，他不會因爲地位卑微，就甘心讓您過隱居的生活，而您這樣美麗的女子天生就不適合隱居。到了那時候，天曉得他會做出什麼事情來！他賭過錢，這個我知道。他隻字沒有向您透露，這個我也知道。然而，他若是賭紅了眼，就可能輸掉一部分我多年的積蓄，要知道，那是爲我女兒存的嫁妝，爲他，也爲我安度晚年所積攢的錢。從前可能發生的事，未來仍有可能發生。

「此外，您爲他而捨棄的生活，您就肯定不會再吸引您嗎？您愛過他，就肯定絕不會再愛上另一個人嗎？最後，如果隨著年齡的增長，遠大的抱負取代了愛情的夢想，你們的關係將阻礙了您情人的生活，而您也許又不能給他安慰，到了那種地步，難道您不感到痛心嗎？考慮考慮這一切吧！小姐，您愛阿爾芒，那就向他證明這一點吧！用您僅存還有可能向他證明的唯一方式：爲了他的前途犧牲您的愛情。現在還沒有發生什麼不幸，以後就可能發生了，也許比我預見的還要嚴重。阿爾芒可能嫉妒一個愛過您的人，就向人家挑釁，進行決鬥，結果可能被人殺掉。想一想吧！面對要向您討還兒子性命的父親，您該有多麼痛苦。

「總而言之，我的孩子，要全部了解，因爲，我還沒有全對您説呢！您要知道我爲什麼會到巴黎來。剛才對您講了，我有一個女兒，她很年輕，長得也很美，就像天使一樣純潔。她戀愛了，她也一樣，把她的愛情當做她一生的夢想。這些情況，我已經寫信告訴了阿爾芒了，可是他一心撲在您身上，沒有回信給我。嗯，我女兒就要結婚了，要嫁給她所愛的男人，進入一個體面的家庭，而那個家庭希望我的家庭不能有失體面。我那未來女婿的家庭已經得知，阿爾芒在巴黎是如何的生活，並且明確向我表示，假如阿爾芒還那樣生活下去，他們就要退婚。一個從未傷害過您的女孩，她有權指望的未來，就掌握在您的手中。

「您有權利、您有勇氣毀掉她的未來嗎？看在您的愛情和悔改的份上，瑪格麗特，把我女兒的幸福給我吧！」

我的朋友，我默默地哭泣。

這些方面，我早就考慮過多少遍，現在從您父親的口中講出來，就更具有特別的現實性。我也在想您父親不敢對我明講，並且多次到了嘴邊的話：歸根究柢，我只是個妓女，不管我爲我們之間的關係提供什麼理由，這種理由總好像是一種圖謀。我過去的生活，完全剝奪了我夢想這樣未來的權利。既然我原先的生活習慣和名聲不能爲我做出任何的保證，我就得承擔責任。總之，阿爾芒，我愛您。

杜瓦爾先生對我講話時慈父般的態度、他在我身上所喚起的貞潔情感、我即將贏得這位老人的尊敬，以及我確信今後也會得到您的尊敬，這一切在我心中喚醒的高尚思想，讓我從未領略過的聖潔自豪感發出聲音，並在我的眼前顯現。我想到有朝一日，這個爲了他兒子前程向我懇求的老人，會告訴他的女兒，將我的姓名作爲一個神秘朋友的姓名放進她的祈禱之中。我想到這一個情景，就好像換了一個人，也爲自己感到驕傲。

一時的衝動，也許誇大了這種種感受的眞實性。然而，朋友，我當時的感受就是這樣。這些新的情感，壓下了回憶裡，與您一起度過幸福日子所產生的念頭。

「好吧，先生，」我一邊擦淚，一邊對您父親說道，「您相信我愛您兒子了嗎？」

「相信了。」杜瓦爾先生對我說道。

「相信是一種無私的愛嗎？」

「相信。」

「您相信我曾把這種愛當成我一生的希望、夢想和救贖嗎？」

「完全相信。」

「那好，先生，請吻我一下吧！就像您吻女兒那樣，我向您發誓，這一吻，是我所接受的唯一眞正聖潔之吻，將給我力量對抗我的愛情。不出一周，您的兒子就將回到您的身邊。他也許會痛苦一段時間，但是會永遠死了這個心。」

「您是一位高尚的女孩，」您父親吻著我的前額說道，「您要做一件連上帝都會感激的事情。但是我十分擔心，您改變不了我的兒子。」

「唉！請放心吧！先生，他會恨我的。」

在我們之間，無論對您還是對我，都必須有一道不可逾越的壁壘。

於是，我寫信給普呂當絲，說我接受了德・N伯爵的提議。請她轉告伯爵，我要跟他們倆一起吃宵夜。

我封好信，信的內容沒有告訴您父親，只要求他到達巴黎之後，派人按地址送去。

然而，他還是問我信上寫了什麼。

「寫的是您兒子的幸福。」我回答他說。

您父親最後又吻了我一下。我感到兩滴感激的眼淚落到我的額頭，就好像是對我從前過錯的洗禮。在我剛剛同意要委身給另一個男人的時候，我一想到用這個新的過錯能夠贖回什麼，臉上就煥發出驕傲的光彩。

這十分自然，阿爾芒，您早就對我說過，您父親是如今所能見到最正派的人。

杜瓦爾先生又坐上馬車走了。

然而，我畢竟是個女人，一見到您就忍不住哭了，但是我並沒有變得軟弱。

我做得對嗎？如今我病倒在床上，也許只有死了才會離開這張床，不免會這樣捫心自問。

您親眼目睹了，接近我們不可避免的分離時刻，我的感受如何。身邊再也沒有您父親支持我，一想到您會恨我並蔑視我，我就感到驚慌失措，有一會差點就要向您承認了。

有一件事，阿爾芒，說了也許您不相信，那就是我祈求上帝給予我力量。而且也正是上帝賜予了我，我所懇求的力量，表明他接受了我所做的犧牲。

在吃那頓宵夜的時候，我還需要幫助，因爲我不想知道我要做什麼，實在害怕自己沒有勇氣！誰能告訴我，告訴我瑪格麗特．戈蒂埃，一想到將要有一個新情人，我心裡竟是如此痛苦萬分？

我拚命喝酒以忘掉一切。等到第二天醒來，我便躺在伯爵的床上。

這就是全部的眞相。朋友，您來做判斷，原諒我吧！就像我這樣，原諒了從那天起您所帶給我的一切傷害。

第二十六章

在決定命運的那一夜之後，所發生的事情，您跟我一樣了解。然而您無從知曉的，也不可能有所覺察的，就是我們分手之後，我經歷了多大的痛苦。

我得知您父親把您帶走了，但是我完全料想得到，您不可能長久地遠離我，因此那天在香榭麗舍大道遇見你，我很激動，但是並不感到驚訝。

於是開始了那一連串的日子，每天您都要給我一種新的侮辱，而我幾乎高興地接受您的侮辱。因爲，這不僅證明您始終愛我，而且我也感到，您越是折磨我，等您了解眞相的那一天，我在您眼裡就會越高尚。

這種愉快的殉難，您不要感到驚訝，阿爾芒，正是您當初對我的愛打開了我的心扉，迎進了高尚的激情。

然而，我並不是一下子就變得那麼堅強。

從我爲您做出犧牲，到您又返回巴黎，這段時間相當長，我需要消耗肉體才不至於發瘋，才能在我重新投入的生活中變得麻木不仁。普呂當絲告訴過您，我參加所有的晚會、舞會，出席所有盛宴，對不對？

我過起放縱的生活，就好像希望盡快自殺，而且我也相信，這種希望很快就會實現。我的身體狀況必然日益惡化，我派杜韋爾努瓦太太去向您求饒的那天，我的肉體和精神都已經消耗殆盡。

我不想提醒您，阿爾芒，一個要死的女人，在您請求一夜之歡時，無法抗拒您的聲音，她彷彿喪失理智，一時間以爲她可以把過去和現在融合起來。然而，您卻以什麼方式報答我愛您的最後表示，您以什麼樣的凌辱將這個女人趕出巴黎。阿爾芒，您有權那樣做，因爲別人過夜並非總付給我那麼高的價錢！

於是，我丟下一切！奧蘭普取代了我在德．N伯爵身邊的位置。而我聽說，正是她把我離開巴黎的原因告訴他的。當時，德．G伯爵人在倫敦，他那種人，跟我這樣的女人尋歡作樂，僅僅當做一種消遣，還和相好過的女人保持朋友關係，不會產生怨恨，也從來不嫉妒。總之，他們那種闊老爺，只向我們打開他們心靈的一角，但是卻向我們敞開他們的錢包。我當下就想到他，於是就去找他。他十分熱情地接待我，但是他在那裡已經有情婦了，是個上流社會的女子，他自然怕公開和我之間的關係會有損名譽，於是把我介紹給他的朋友，而其中一位在吃完宵夜之後把我帶走。

我的朋友，您說我有什麼辦法呢？

自殺嗎？那又會給您本該幸福的生活，無謂地加上一種痛悔的負擔。再說，人都快死了，何必還自殺呢？

我變成了沒有靈魂的軀殼，沒有思想的物品。我在那段時間裡，過著這種行屍走肉的生活。後來我又回到巴黎，打聽您的消息，得知您長途旅行去了。再也沒有什麼能夠支持我了。我的生活又恢復原狀，回到兩年前您認識我的那種狀態。我試圖挽回公爵，但是我已將他傷得太深。而老年人可沒有那種耐性，無疑是因爲他們發覺自己不可能永遠活著。病魔日益侵蝕我的肉體，我面無血色，終日悲傷，身體也更加消瘦了。花錢購買愛情的男人，要看貨色選購。在巴黎，身體比我更健康、更豐腴的女子，大有人在。於是，人們有點將我忘記了。這就是直到昨天的情況。

現在我徹底病倒了，又身無分文，債主們都紛紛前來討債，送來給我的單據就跟催命似的。我寫信向公爵要錢，公爵會答覆我嗎？您若是在巴黎該有多好啊，阿爾芒！您會來看望我的，您來探望就能給我安慰。

十二月二十日

天氣特別惡劣，外面在下雪，我孤單一人在家。一連三天發高燒，連一個字都不能寫給您。沒有什麼新的情況，我的朋友，每天我都隱約盼望收到您的一封來信，可是都沒見到來信，恐怕永遠也到不了了。唯獨男人才能狠下心來不肯寬恕。公爵沒有回信給我。

普呂當絲又開始往當鋪跑了。

我不斷地咳血。喔！您若是見到我這樣子，會感到難受的。您在炎熱的天空下活動實在幸福，而不是像我這樣，整個冰冷的冬天壓在胸口。今天我稍微起來一點，從窗簾裡向外張望，相信在我眼前通過的巴黎生活，已經徹底跟我斷絕關係了。幾張熟悉的面孔從街上走過，匆匆忙忙地，都那麼歡快而無憂無慮。沒有一個人抬頭望向我的窗戶。不過，也有幾個年輕人前來探問，留下了姓名。記得有一次我生病了，您也是每天早上來探問我的病情，而那時您只見過我一面，並不認識我，還受到我的無禮對待。現在我又病倒了。我們曾在一起度過半年的時光。一個女人內心最大限度的包容和所能給予的感情，我都給了您。可是您卻遠在異鄉，還在詛咒我，沒為我寫來一句安慰的話。當然我也肯定，您的不聞不問也是偶然造成的。如果您在巴黎，您就不會離開我的床前和房間。

十二月二十五日

醫生不准我天天寫日記。的確，回憶往事只會使我燒得更厲害。但是昨天，我收到一封信，給了我不少欣慰，給我送來物質救助是一方面，更主要的是信中所表達的感情。因此，今天我就可以給您記述了。信是您父親寫來的，內容如下：

小姐：

我剛剛得知您生病了。假如我在巴黎，一定會親自去探望您的病情。假如我兒子在我身邊，我也會讓他前去探望。然而，我不能離開C城，阿爾芒又遠在六、七百法里①之外，請允許我只是寫信給您。小姐，對於您生病了我十分難過，請相信我衷心的祝福，祝您早日康復。

我的一位好友H先生即將登門拜訪，請您接待他。他受我委託辦一件事，我還焦急地等待事情的結果。

此致

請接受我最崇高的敬意

這就是我所收到的那封信。您父親是個高尚的人，您要好好愛戴他，我的朋友。因爲，世上值得愛的人寥寥無幾。比起我們的名醫開的所有處方，他署名的這封信對我更有療效。

今天上午，H先生來了。他受杜瓦爾先生之託，辦理這件棘手的事，似乎感到十分爲難。他此

①．法里：長度單位，相當於三英里。

行就是要替您父親送給我一千埃居，而且還對我說，如果拒收，就會傷了杜瓦爾先生的面子。他受託先給我這筆錢，我還需要多少，都會如數給我送來。我接受了，這種幫助來自於你的父親，並不算是一種施捨。您回來的時候，假如我死了，您就把我剛才寫到他的這段話給他看，並且告訴他，他好心寫了慰問信，那可憐的女人是流著淚寫下這段話的，並祈求上帝保佑他。

一月四日

我一連熬過幾天病痛的日子。眞沒有想到，身體會讓人受這麼大的罪。唉！我過去的生活啊！如今我爲那種生活付出雙倍的代價。

每夜都有人守護在我身邊。我再也透不過氣來了。我這個可憐一生所剩下的日子，不是咳嗽，就是處於昏迷狀態。

我的餐廳擺滿了朋友們送來的糖果，以及各式各樣的禮物。在這些人當中，無疑有的還希望我以後做他們的情婦。假如他們看到病魔把我變成了什麼模樣，他們一定都會嚇跑了。

普呂當絲拿我收到的禮物，去送給別人。

天寒地凍，醫生對我說過，過些日子，如果還是晴朗的天氣，我就可以出門走走了。

一月八日

昨天，我乘著自己的馬車出門了。天氣好極了。香榭麗舍大道行人熙熙攘攘，這眞是春天的第一張笑臉。我周圍一片節日的氣氛。我怎麼也想不到，我昨天在陽光裡還能發現快樂、甜美和安慰。

我幾乎碰見了所有我認識的人，他們都一直忙於尋歡作樂。多少人身在福中不知福啊！奧蘭普乘坐一輛華麗的馬車駛過去，那是德·N伯爵送給她的。她又試圖用目光侮辱我，殊不知我與這些所有虛榮相距有多遠。一個我早就認識的忠厚小夥子，問我是否願意與他、和他的一位朋友共進晚餐。據他說，他那位朋友非常渴望認識我。

我淒然地微微一笑，遞給他燒得滾燙的手。

我從未見過他那樣驚訝的表情。

四點鐘，我回到家中，晚飯胃口還相當不錯。

這次外出對我的身體很有幫助。

若我能被治癒該有多好！

有些人在心靈的孤寂中、在病房的幽暗裡，昨天還希望快點死去。今天看到了別人的生活和幸福，怎麼又渴望活下去了呢？

一月十日

這種恢復健康的希望，只不過是一場夢。我又臥床不起，全身敷上灼人的膏藥。這肉體，從前人們付出那麼多的價錢，今天再拿出去試試，看看別人還會給妳多少錢！

我們生前一定是作惡多端，或者死後要享受到巨大的幸福。因此，上帝才會讓我們今生今世受盡贖罪的各種折磨，以及考驗的所有痛苦。

一月十二日

我始終忍受著病痛的折磨。

昨天德．N伯爵爲我送來了錢財，但我沒有接受。這個人給我什麼，我都不要，因爲都是他的緣故，您才不在我的身邊。

唉！我們在布吉瓦爾的美好日子啊！現在該去何處尋覓？

我若是能活著走出這個房間，那也是要去朝拜我們共同生活過的那座小屋。然而，我只能死後被人抬進去了。

誰知道明天我是否還能爲您記述呢！

一月二十五日

一連十一個夜晚我都沒有睡覺，喘不過氣，只怕自己隨時都可能死去。醫生吩咐過不要讓我動筆。照護我的朱麗・杜普拉還允許我爲您寫這幾行字。難道您在我死之前不會回來了嗎？難道我們之間永遠恩斷義絕了嗎？我覺得您一回來，我的病就能康復。但是病好了又怎麼樣呢？

一月二十八日

今天早晨，我被一陣喧鬧聲吵醒。睡在我房間的朱麗趕緊跑去餐廳。我聽見幾個男人的聲音，而朱麗的聲音徒然地與他們抗爭。她哭著回來了。

他們是來查封財產的。我對朱麗說，就讓他們按照他們所謂的司法去做吧！執行官戴著帽子就走進我的房間，他拉開每個抽屜，登記他所看到的所有物品，根本無視屋子裡還有一個垂危的女人。幸虧法律仁慈，還爲我留下這張床鋪。

他臨走時，終於開了尊口，說我可以在九天之內提出抗告，可是他留下了一名看守！上帝呀，我該怎麼辦啊！這個情景更加重了我的病情。普呂當絲想找您父親的那位朋友要錢，我反對那麼做。

一月三十日

今天早晨，我收到您的來信。這正是我所需要的。我的回信能及時寄到您的手中嗎？您還能見到我嗎？這是個幸福的一天，使我忘記我這六周所過的日子。我感覺好過一點了，儘管回信給您的當時，我的心情很悲傷。

歸根究柢，人不可能一直那麼不幸的。

我還真的這麼想，我有可能死不了，等到您回來，我又看到了春天，您還愛我，我們重新開始去年那樣的生活！

我實在是瘋了！心中的這種癡心妄想，我連提筆寫下來都很吃力。

不管發生什麼情況，我都深深地愛您。阿爾芒，如果沒有這種愛情的回憶支援我，如果不是隱約希望還能看到您在我的身邊，我早就離開人世了。

二月四日

德．G伯爵回到巴黎。他受到了他情婦的欺騙，十分地傷心，他很愛那個女人。他向我講述這一切。這可憐的小夥子，在事業上也相當不順利。儘管如此，他還是替我付錢給了執行官，並且把那名看守打發走。

我對他談到您，他答應向您說說我的狀況。當時我竟然忘了，我當過他的情婦，他也儘量讓我忘掉這一點。他是個好心腸的人。

昨天公爵派人來探問我的病情，今天上午他親自來探望。我不知道這位老人還能靠什麼活在世上。他在我身邊待了三小時，對我沒有講上幾句話。他見我臉色如此慘白，眼裡便掉下兩大滴淚水。他流了淚，無疑是由於想起了他的女兒。

他無疑要看著她死兩次了。他彎腰駝背，頭俯向地面，嘴唇也垂下去，目光黯淡無光。他的身體已然衰竭，禁不起年歲與痛苦的雙重壓力了。他沒有指責我一句，甚至可以說，他看到病魔把我摧殘成這樣子，還暗自幸災樂禍呢！我還這麼年輕，就被病痛壓垮了，而他還能站立活著，似乎頗爲得意。

惡劣的天氣又來了，沒有人來看我了。朱麗盡可能守在我身邊。普呂當絲開始藉口有事躲避，因爲我不能像從前那樣，給她那麼多錢了。

我有好幾位醫生，這就證明我的病情惡化了。不管他們對我怎麼說，我心裡很清楚，現在我快要死了。我幾乎後悔聽信您父親的話。早知道我只會占用您未來一年的時間，我就不必壓抑自己的渴望，還是跟您在一起度過一年，這樣到死的時候，至少還能握著一位朋友的手。不過，假如我們一起度過這一年，我很可能不會死得這麼早了。

聽憑上帝的意志吧！

二月五日

噢！來吧！阿爾芒，我實在疼痛難耐，眼看就要死了，我的上帝。昨天我憂傷極了，只想要出門，免得在家裡熬過像前一晚那樣的漫漫長夜。上午公爵來了。我看到被死神遺忘的這位老人，就覺得自己要死得更快了。

我不顧正發著高燒，讓人幫我穿好衣裳，帶我去沃德維爾劇院。朱麗幫我的臉上了點妝，否則我這樣子就像個殭屍了。我走進約您第一次見面的那個包廂，目光始終凝望著您那天所坐的位置。不過昨天，那個座位坐了一個粗人，他一聽到演員那種愚蠢的笑話，就開始哈哈大笑。我被送回家時，已經半死不活了。整夜我都不斷咳嗽、咳血。今天，我話也講不出來了，手臂只能稍微動一動。我的上帝！我的上帝！我要死了。這是預料之中的事，但是我不能想像，還要承受我忍受不了的痛苦，如果……。

這個詞後面，瑪格麗特竭力寫下一些字，但實在無法辨認。下面則是朱麗·杜普拉接著寫下去的。

二月十八日

阿爾芒先生：

瑪格麗特堅持要去看戲的那天之後，病情就越來越嚴重了。她已經完全失去聲音，接著四肢也不能動了。我們這位可憐朋友所承受的病痛難以形容。我不習慣這種淒慘的場面，因此總是提心吊膽的。

我多麼希望您能在我們身邊啊！她幾乎一直處於昏迷狀態，但是無論是神志不清還是頭腦清醒，她只要能發出聲音，那麼必定是呼喚您的名字。

醫生對我說她活不久了。自從她病危之後，公爵就沒有再來探視過了。

公爵對醫生說，這種情景令他心如刀割。

杜韋爾努瓦太太表現得不怎麼樣。這個女人幾乎完全靠瑪格麗特生活，以爲能從瑪格麗特身上撈取更多的錢，許下種種諾言而不能履行，現在看到她的鄰居對她再也沒有利用價值，就乾脆都不來探望了。所有人都拋棄了她。德·G伯爵被自己的債務所逼，不得不又動身前往倫敦。他臨走時爲我們送來一筆錢，已經完全盡力了。但是，又有人來查封財物，債主們只等她一死，就進行拍賣。

我原本想盡我最後的財力阻止全部查封，但是執行官對我說那無濟於事，因爲他還會執行別的判決。反正她也快要死了，還不如放棄所有財物，何必搶救下來留給她不想見，也從未來探望她的家人呢？您一定想不到，這個可憐的女子死在何等富麗堂皇的貧困中。昨天，我們連一點錢也沒有了。餐具、首飾、喀什米爾披肩，全都典當出去了。其餘的物品不是賣掉，就是被查封。瑪格麗特還能意識到周圍所發生的一切，她的肉體、精神和心靈都在忍受著痛苦。大滴眼淚流到她的臉頰，而她的臉頰瘦成了皮包骨，沒有一絲血色。如果妳還能見到您深愛過的那個女人，肯定會認不出她的那張臉。她不能再提筆寫字的時候，就求我答應爲您寫下去，我在她的面前記錄這些情況。她的眼睛朝向我這邊，但是看不見我了，因爲她的目光已被臨近的死亡所蒙蔽。不過，她卻在微笑，她的全部思念和整個靈魂，我確信都是屬於您的。

每當有人開門，她的眼睛都會亮起來，總以爲是您要進屋。接著，她知道不是您的時候，那張臉又會恢復痛苦的表情，而且被冷汗浸濕，臉頰也變成紫紅色。

二月十九日午夜

今天眞是個悲傷的日子啊！可憐的阿爾芒先生。今天早晨，瑪格麗特感到窒息，醫生替她放了血，她才稍微又能發出聲音來。醫生勸她請一位神父來，她表示同意。於是，醫生親自去聖羅克教堂請一名神父。

去請人的這段時間，瑪格麗特把我叫到床邊，求我打開她的大衣櫃，指給我看一頂無簷軟帽、一件鑲滿花邊的長襯衫，聲音微弱地對我說：

「我懺悔之後就要死了，到那時候，這些衣帽妳就幫我穿戴上：人死了也要打扮得漂亮些。」

接著，她擁抱我，哭著補充說：

「我還能說話，但是一說話就不能呼吸。我感到窒息！需要空氣！」

我失聲痛哭，去打開窗戶。過了一會兒，神父來了。

我迎上前去。

他一明白到了什麼人的家裡時，似乎有些擔心會不受歡迎。

「您就大膽進來吧！神父。」我對他說道。

他進病房只停留了片刻時間，出來時對我說道：

「她生如罪人，但是臨終成爲了基督徒。」

又過了一會，神父回來了，陪同前來的有一位手持耶穌受難像的唱詩班兒童，以及走在前面搖鈴、宣告上帝降臨垂死女人家的聖器室管理員。

他們三人走進臥室，這間屋從前迴蕩過多少怪誕的話語，此刻完全成爲一座聖壇。

我雙膝跪下。我不知道這個場面給我造成的印象會持續多久，但是我相信直到此刻之前，不會有什麼事能引起我如此強烈的反應。

神父爲臨終之人的雙腳、雙手和額頭塗上聖油，同時背誦一小段祈禱文。這時，瑪格麗特準備升天了，假如上帝看到她一生的磨難和臨終的聖潔，她肯定能夠進入天堂。

從做臨終聖事起，她就沒講過一句話，也沒有動一動。如果不是聽見她吃力的呼吸，不知有多少次我都以爲她死了。

二月二十日下午五時

一切都結束了。

半夜兩點鐘左右，瑪格麗特進入了彌留狀態。從她發出的叫喊聲可以斷定，從來沒有一個臨終之人受過如此巨大的痛苦。有兩、三次，她直挺挺地從床上站起來，彷彿還想抓住她那升天的生命。還有兩、三次，她說出您的名字，隨後就沉默了，又倒在床上，筋疲力竭。她眼裡默默流下淚水，人已死去。

這時，我走到她的跟前，呼叫她，看看她沒有應答，我就幫她闔上眼睛，吻了吻她的額頭。可憐的、親愛的瑪格麗特，我多希望自己是個聖潔的女子，以便用這一吻把妳推薦給上帝。

然後，我遵照她的囑咐，幫她穿好衣服，又去聖羅克教堂找一位神父。我爲她點燃兩支蠟燭，在教堂裡爲她祈禱了兩個小時。

我把她的一點兒錢施捨給了窮人。

我不大懂宗教的事情，但是我想，仁慈的上帝會確認我的眼淚是眞心的，我的祈禱是虔誠的，我的施捨是眞誠的，上帝會可憐她的。那麼美麗的女孩，年紀輕輕地就死了，身邊只有我一個人，給她闔上眼睛，爲她穿好壽衣。

二月二十二日

今天舉行葬禮。瑪格麗特的許多女友來到教堂，有幾個人還流下了眞誠的眼淚。靈車駛上了蒙馬特爾公墓的道路，送殯隊伍中只有兩個男人跟在後面。一個是特意從倫敦趕回來的德．G伯爵，另一個是由兩個隨從攙扶的公爵。

所有這些詳細情況，我是回到她家裡，流著眼淚給您寫下的。面前的燈光淒涼，您可以想像身邊的晚餐我沒有碰。納妮娜讓人爲我做了晚飯，因爲，我已超過二十四小時沒有進食了。

我的生活不可能長久地保留這些傷心的印象，因爲，正如瑪格麗特的生活並不屬於她一樣，我的生活也不屬於我本人。這就是爲什麼，我要當場爲您記錄下來這些所有情況，只怕您又過了好久才回來，我再向您敘述時，就不能準確傳達這些淒慘的情況了。

第二十七章

「您看完了嗎？」當我看完這些手稿以後，阿爾芒問我。

「我所看到的這些，如果全都是真實的話。那麼，我的朋友，我能理解您一定很痛心。」

「我父親在一封信裡，證實了這些情況。」

我們又談了一會，感嘆這個去世不久的女子，她的悲慘命運。然後，我回到家中略事休息。

阿爾芒一直很傷心，不過，他講述了這段經歷之後，心情稍微輕鬆了一點兒，身體也很快恢復了健康。我們一起去拜訪普呂當絲和朱麗・杜普拉。

普呂當絲剛剛破了產。她對我們說，這是被瑪格麗特連累的。瑪格麗特的生病期間，向她借了很多錢，給了她兌現不了的票據，人死了也沒有還完，當初也沒有開借據給她，因此她連債權人都算不上。

杜韋爾努瓦太太到處散布這套鬼話，作為她生意經營不善的藉口，最後從阿爾芒的手裡獲得到一千法郎。阿爾芒並不相信她那套鬼話，但是刻意裝出相信的樣子，只因他敬重那些所有曾經接近過他情婦的人。

接下來，我們又去朱麗・杜普拉家。她向我們講述了她親眼所見的悲慘事件。她回憶起女友，不禁又流下了由衷的眼淚。

最後，我們去幫瑪格麗特掃墓。四月初晴的陽光，催發了墳墓上方樹木的新葉。

阿爾芒只剩最後一項義務要履行了，那就是回到他父親的身邊。他還是希望我能一路陪同。

我們到達C城，我看見杜瓦爾先生，就如我從他兒子描述所想像的那樣：身材高大、氣度不凡，但又性情溫和。

他飽含幸福的淚水迎接阿爾芒，熱情地與我握手。我很快就看出，在這位稅務官的身上，父愛超越了一切的情感。

他的女兒名叫布朗絲，她的眼睛明亮，目光澄澈，嘴唇顯得很嫻靜。這些特點都表明，她心靈所萌生的只有聖潔的思想，她口中所講出的也只有虔誠的話語。看見哥哥回家，她就笑容滿面，這位貞潔的少女哪裡知道，遠方的一名風塵女子僅僅因為她的姓氏，就犧牲了自己的幸福。

我在這幸福的家庭住了一段時間，全家人對這位懷著康復的心靈歸來的人，都關懷備至。

我回到巴黎，將我聽到的這個故事原原本本地寫下來。這個故事好就好在它的真實，儘管也許有人會提出異議。

我並不想從這個故事中得出這樣的結論：所有像瑪格麗特的女人，都能做到她那樣的行為，事實遠非如此。但是我了解到，她們當中有一位在她的一生中，經歷了一場認真的愛情，並為此受盡磨難，乃至於殉情。我聽到了這個故事，便講述給讀者聽。這是我的一種職責。

我不是在這裡宣揚罪惡，但是無論在什麼地方，只要聽見高尚的不幸者在祈禱，我就要傳播這種聲音。

我再重複一遍，瑪格麗特的故事是個例外，如果這是個普遍現象，那就沒必要把它寫出來了。

（全文完）

根據法國伽利瑪出版社一九七四年版本譯出

亞歷山大・小仲馬年表
Alexandre Dumas, fils，（1824－1895）

一八二四年：七月二十七日，小仲馬出生於法國巴黎。為父親大仲馬與一名裁縫女工瑪麗－卡特琳・拉貝的私生子。

一八三一年：小仲馬獲得大仲馬承認，父母爭奪扶養權，然而拉貝敗訴了。而後小仲馬被送入寄宿學校。由於其私生子的身份，因而飽受同儕的欺負與歧視。

一八四〇年：大仲馬迎娶了情婦伊達・費里埃，捨棄了拉貝，小仲馬因此與父親交惡。六年後，大仲馬與伊達離異。

一八四二年：夏季邂逅了瑪麗・杜普萊西，兩人陷入情網，亦即後來《茶花女》的原型。

一八四五年：小仲馬寫信與瑪麗・杜普萊西絕交，兩人分道揚鑣。

一八四六年：追隨父親大仲馬至西班牙等地旅行。

一八四七年：瑪麗・杜普萊西病逝於巴黎，被葬在蒙馬特爾公墓。

一八四八年：小仲馬於聖日耳曼區的白馬旅館，仿效《瑪儂・萊斯科》，揉合過往的甜蜜回憶，一個月之內寫出小說《茶花女》。

一八五二年：小仲馬撰寫歌劇《茶花女》，初演時大獲好評，當時大仲馬正於比利時布魯塞爾流亡。小仲馬於電報向他描述，當時觀眾大為讚賞，誤以為是大仲馬的新作。大仲馬回報：「孩子，我最好的作品就是你。」

一八五三年：威爾第改編《茶花女》，然而反應不如預期。隔年將故事背景改為路易十三時代，使用華麗奢華的道具，引起廣大好評。至今仍然上演不輟。

一八五五年：發表戲劇《半上流社會》。

一八五七年：發表戲劇《金錢問題》。

一八五八年：發表戲劇《私生子》。

一八五九年：發表戲劇《浪蕩的父親》，該年伊達逝世。

一八六〇年：大女兒科莱特出生，母親為後來的第一任妻子娜蒂達・納里休金。

一八六七年：二女兒雅妮娜出生。

一八六八年：小仲馬母親拉貝逝世。

一八七〇年：父親大仲馬逝世，小仲馬整理他的遺物，發現只剩最後幾塊錢。

一八七三年：發表戲劇《克洛德的妻子》。

一八七五年：小仲馬以二十二票，高票入選為法蘭西學院院士，獲得法國文壇的最高榮譽。
一八八七年：發表戲劇《福朗西雍》，認識小他四十歲的亨利埃特・雷尼埃，兩人陷入情網。
一八九五年：四月妻子娜蒂達過世，六月與亨利埃特結婚。十一月二十八日，小仲馬逝世，被葬於蒙馬特爾公墓，距離瑪麗・杜普萊西的墳墓不遠。

野人文化
讀者回函卡

書　名 ________________________________

姓　名 ________________ □女 □男 年齡 ________

地　址 ________________________________

____

電　話 ________________ 手機 ________________

Email ________________________________

□同意 □不同意 收到野人文化新書電子報

學　歷 □國中(含以下) □高中職 □大專 □研究所以上

職　業 □生產/製造 □金融/商業 □傳播/廣告 □軍警/公務員
□教育/文化 □旅遊/運輸 □醫療/保健 □仲介/服務
□學生 □自由/家管 □其他

◆你從何處知道此書？
□書店：名稱 ______________ □網路：名稱 ______________
□量販店：名稱 ______________ □其他 ______________

◆你以何種方式購買本書？
□誠品書店 □誠品網路書店 □金石堂書店 □金石堂網路書店
□博客來網路書店 □其他 ______________

◆你的閱讀習慣：
□親子教養 □文學 □翻譯小說 □日文小說 □華文小說 □藝術設計
□人文社科 □自然科學 □商業理財 □宗教哲學 □心理勵志
□休閒生活（旅遊、瘦身、美容、園藝等） □手工藝／DIY □飲食／食譜
□健康養生 □兩性 □圖文書／漫畫 □其他 ________

◆你對本書的評價：（請填代號，1. 非常滿意 2. 滿意 3. 尚可 4. 待改進）
書名 _____ 封面設計 _____ 版面編排 _____ 印刷 _____ 內容 _____
整體評價 _____

◆你對本書的建議：

____

____

____

____

野人文化部落格 http://yeren.pixnet.net/blog
野人文化粉絲專頁 http://www.facebook.com/yerenpublish

廣　告　回　函
板橋郵政管理局登記證
板 橋 廣 字 第 143 號

郵資已付　免貼郵票

23141
新北市新店區民權路108-2號9樓
野人文化股份有限公司 收

野人

請沿線撕下對折寄回

野人

書號：0NGA4011

Extended *Reading*
延伸閱讀

《情感教育》／古斯塔夫・福婁拜

福婁拜夢幻逸作，繁體中文版首度面世
超越《包法利夫人》，揭露十九世紀法國社會的浮華與幻滅；一部令卡夫卡、莫泊桑、普魯斯特、納博可夫，為之著迷的極致名著；最具福婁拜自傳色彩的經典作品

《婦女樂園》／埃米爾・左拉

巴爾扎克的作品描繪了十九世紀初巴黎瞬息萬變的上卷，左拉的作品則記錄了十九世紀末巴黎風華絕代的下卷。一座讓十九世紀女性走上超現實消費與欲望森林之旅的百貨公司，一部與香奈兒同年誕生的法國小說。